ノベルアンソロジー◆訳あり婚編

訳あり婚なのに愛されモードに突入しました

アンソロジー

Contents

この作品はフィクションです。
実際の人物・団体・事件などには関係ありません。

姉の身代わりで結婚した、直視したら
目が潰れる光王子に「僕を愛する必要はない」と
言われました。

結生《ゆきい》まひろ
ill. くまの柚子《ゆずこ》

「アビス、おまえの嫁ぎ先が決まったぞ」

父親のあまりに突然の言葉に、私はすぐに声を出せなかった。

結婚……？　私が？

「それも相手は王子だ。おまえにはもったいなさすぎる相手だ。私に感謝しろ」

王子様と結婚……？　私が!?

続けられた言葉には更に驚いたけど、姉のアビアナが父の隣でニッと口角を上げたのを見て、まさかと思う。

「もしかして、お姉様が嫁ぐ予定だったグランツ殿下のもとにですか……？」

「そうだ」

「……――!」

ああ、なんということでしょう。

私がグランツ殿下と結婚できるなんて……！

グランツ殿下は、かつて魔王を倒した勇者様が使っていたのと同じ、光魔法の力を持って生まれた。

光魔法はとても稀少《きしょう》な力。勇者様の死後数百年の間、グランツ殿下以外に使える者は現れていない。

そんな素晴らしい王子様と結婚できるなんて……本当にいいの？

「顔は同じなのだから、大丈夫よ。あんたが結婚できるだけでも奇跡なんだから、ありがたく思いなさい。目くらい、潰《つぶ》したっていいでしょう？」

ふっと鼻で笑いながら私を見下してそう言ったアビアナは、とても怖い顔をしていた。

顔は同じか……。では私も、こういう顔をしているのだろうか……？

「そうだ。おまえのそのブルーグレーの髪も瞳《ひとみ》の色もアビアナそっくりなのだから、しっかり手入れしてから行けば、ばれるはずがない。目を潰してもいいから粗相だけはするなよ！」

姉に続いた父の言葉に、私はボサボサになった自分の髪に触れた。

グランツ殿下には、一つだけ問題がある。

光魔法を極めすぎたせいで、殿下はその力に自身を呑《の》み込まれてしまった。

といっても、命に別状はない。普通に生活もできる。

ただし、グランツ殿下は自身が輝きすぎて、その姿が他人から見えなくなってしまったのだ。

眩《まぶ》しすぎて、直視すると目が潰れてしまうらしい。

そのため、二十二歳になったというのに婚約者が決まらず、国王陛下は困り果てていた。

いくら王子でも、直視したら目が潰れてしまう人と結婚したがる高位貴族の令嬢は現れなかった。

そこで陛下は、息子と結婚してくれる相手を大々的に募集した。そこにチャンスとばかりに、フローシュ子爵である父が「うちの娘を」と名乗り出た。

父には借金がある。

王族と結婚すればその借金を返済してもらえると企《たくら》み、私の双子の姉、アビアナがグランツ殿下に嫁ぐことになっていた。

けれど。

『いくら王子でも、さすがにあれは無理よ。大袈裟《おおげさ》だと思っていたけど、噂《うわさ》以上に強烈な光だったわ。

見たら目が潰れてしまう人と結婚だなんて、無理』
　グランツ殿下との顔合わせから帰ってきたアビアナは、はっきりとそう言い切った。
　しかし婚約の手続きは父がさっさと済ませてしまったらしく、姉の代わりにグランツ殿下と私が結婚すればいいと、二人の間で話がまとまったようだ。
　父と姉はニヤニヤと下卑た笑みを浮かべているけれど、それくらいなんだと、私は思う。

　私とアビアナを産んですぐ、母は亡くなっている。

　父は、私を産んだせいで母は亡くなったと言った。

　理由は、私が闇《やみ》魔法《まほう》の力を持って生まれたからだと。

　闇魔法は光魔法同様、とても特殊な力。しかし、勇者が使っていた光魔法とは違い、闇魔法はかつて魔王が有していた力。

　そのため、魔王が滅んで数百年が経《た》っている今でも恐ろしい力として知れ渡っており、邪悪で気味が悪いとされている。

　生まれてすぐ無意識にその力を使ってしまったらしい私は、ずっとこの存在を隠されて生きてきた。

〝殺されないだけありがたく思え〟

　父には毎日のようにそう言われて、召使い同様に家事をやらされ、ぼろを着せられ、食事は残飯のみで、生きてきた。

　そんな私が、王子様と結婚できる……？

まるでお伽噺《とぎばなし》のような素敵な話が、私の身に起きるなんて……!!

ああ、でもこんな私で本当にいいのかしら？

この家の娘はずっと、美しいアビアナ一人とされてきた。

双子だというのに、アビアナと私は全然似ていない――と、私は思っている。

私は社交性だってないし、若い男性とろくに話をしたこともないし……。

ああ、でも本当にとても素敵な話だわ！

いつかこの家を出て広い世界を見てみたいと思っていたけれど、まさかお城に……王子様に嫁げるなんて……！

この家から出ていけるだけでも奇跡なのに、本当に素晴らしいわ。

いつか読んだ物語のヒロインを思い出して、私はそっと胸を熱くさせた。

＊

「いいか。くれぐれも無礼のないようにな。決してあの力は使うなよ。わかっているな？」

「ええ、わかっています。お父様」

「ふんっ、ここまで生きてこられただけでも感謝すべきなのに、王子に嫁げるのだ。この先も一生、おまえに与えられる金品はすべて私とアビアナに送るように」

「はい」

王宮へ向かう馬車の中、私は何度も繰り返し父にそう言われた。

心配しなくても、私は闇魔法を使うようなことはしない。

その力がどれほど気味の悪いものなのかは、この十七年間で散々父や姉から聞いてきた。

せっかく結婚できる王子様に、気味悪がられたいとは思わない。

というかそもそも、私には魔王のような強い力はない。

昔母に付いていた侍女の話によると、私が使ってしまったのは明かりを消してしまったりするような、可愛《かわい》らしいものなのだとか。

まぁ、それでも闇魔法であることには違いないのだけど。

「おまえに教養などないことは知っているが、陛下はグランツ殿下に嫁いでくれる貴族の娘ならば、気にしないとおっしゃってくれた。おまえは黙っていればいい。何もしゃべるな。何もしゃべらず、大人《おとな》しくしていればおまえも見た目だけはいいのだから」

「はい」

登城するために、私は初めて侍女たちに丁寧に身体《からだ》を洗われて髪を整えられた。

傷んでいた毛先は切られたけれど、オイルまで使ってくれたおかげで、見た目はましになった。

それでもまだアビアナに比べたらがりがりだし、髪や肌に艶《つや》が足りないと思うけど……。父は、「どうせグランツ殿下もそこまで見ていないさ」と言った。

眩しくて人からは見えないけれど、本人はちゃんと相手が見えているはず。

入れ替わったことがばれて王子の怒りに触れなければいいのだけど……。

ともあれ私は、あの家を出ていける。

王宮での暮らしがどんなものかはわからないけれど、一生あの家で存在はないものとして隠れて暮らすことを思えば、それ以上に悪いことはないのではないかと思えた。

眩しすぎて姿が見えない王子か……。

理由は全然違うけど、なんだか私と似ているわね。

存在しているのに、その姿を見てもらえないだなんて——。

＊

グランツ殿下との結婚式は、すぐに執り行われた。

アビアナが既に婚約も挨拶《あいさつ》も済ませているので、準備が進められていたようだ。

国王陛下も、花嫁の気が変わらないうちに、さっさと結婚させてしまいたかったのだと思う。

でも私の気は変わらないから、安心してほしい。


結婚式では、みんな魔術師が作った特殊な遮光眼鏡《めがね》をかけていた。

誤ってグランツ殿下の姿を直視しないように。

遠くからであれば、グランツ殿下を見ても目が潰れるということはないようだ。でも、光り輝いていてどんな姿をしているのかはわからないらしい。

まるで太陽のような方だと思った。

そして近づけば近づくほど危険だということで、彼の隣にいる私は目を布で覆われた。遮光眼鏡越しでもこの距離で直視しては、本当に失明してしまう可能性があるのだとか。


最低限の儀式だけを行うと、式はあっという間に終わった。

私はグランツ殿下とは別々の部屋に通されて、王宮でも身体を磨かれた。そして子爵家とは比べものにならないほど、丁寧にマッサージを受けた。

それから夜はすぐに訪れた。

通された広い部屋の大きなベッドの上で、グランツ殿下を待つ。

私はこのためにグランツ殿下と結婚したのだ。グランツ殿下との世継ぎを産むために。

これから行うことを考えてか、私には遮光眼鏡も目隠しの布も与えられなかった。

王宮の侍女には、「決して目を開けてはなりません」と固く言われたけれど、顔を隠して王子が萎《な》えてしまわないようにだろう。

少し痩《や》せすぎだとは思うけど、決して見た目の悪くない私は、目だけつむって大人しくしていればそれなりなのだから。

だから大人しく目を閉じて、あとは王子に任せればいいということだ。

しばらくベッドの上で静かに待っていたら、扉がノックされて誰《だれ》かが入ってくる気配がした。

「アビアナ」

この声は、グランツ殿下だわ。

透き通るような、優しい声。一体どんなお顔をされているのか気にならないと言えば嘘《うそ》になるけれど、目を開けるなと言われているので、私は俯《うつむ》いたままでいた。

「……アビアナ？」

「……っは、はい！」

そうだ、アビアナとは、私のことだった。

姉の名前に返事をするのが遅れてしまったけれど、はっとして大きく口を開いた。

「そのまま目を閉じて、俯いたまま聞いて」

「はい……」

言われて頷《うなず》くと、グランツ殿下の気配がこちらに近づいてきた。

確かに、目を閉じていても彼が目映《まばゆ》い光を放っているのがわかる。

けれど、本当に目が潰れてしまうほどの強烈な光なのかしら……？

「この僕と結婚してくれてありがとう」

グランツ殿下が私のすぐ隣まで来たのが、声の距離でわかる。でも彼は、ベッドに乗ってはこない。立ったままそこで話されているのだろう。

「い、いいえ……」

目を閉じていると、なんだか余計にドキドキしてしまう。彼はどんな顔で、どんな表情で話されているのかしら……。

「――だが君は、僕を愛する必要はない」

「え……？」

とても穏やかな声で、グランツ殿下は言った。

思わず目を開けてしまいそうになるけれど、ぐっと堪《こら》える。

「姿の見えない男を愛せるか？　愛せるはずがない。間違って君が僕のことを見て、目を潰しては困る。だからこれからは寝室も別にするつもりだ」

「寝室を別に……？」

「ああ。月に一度は寝室をともにしてもらうことになる。だが、僕は君に何かする気はないから、安心してほしい」

　何かする気はない……？　でも、それでは世継ぎが……。

「そうしたらいずれ父も諦《あきら》めてくれる。こんな男に嫁ぐことになってしまって本当に申し訳なく思うが、君は自由にしてくれて構わない。望むものも与えるから、なんでも言ってほしい」

「……」

その優しい声から、グランツ殿下のこれまでの苦悩が手に取るようにわかった。

彼は自分の人生を諦めているのだ。けれど王子として生まれてしまったから、世継ぎを残してほしいと願う陛下の気持ちを汲《く》んで、こうして結婚したのだろう。

でも今度はその結婚相手である私に、申し訳なく思っているんだわ。

なんて優しい王子様なのかしら。

狭い世界しか知らなかった私だけど、こんなに優しい声でしゃべる人がこの世にいたなんて。

こんなに寂しげな声を出す人が私以外にいたなんて。

だってそもそも彼は、生まれ持った光魔法を極めすぎてしまったせいでこうなったはず。

それはきっと、彼がとても努力家だからだと思う。

「今夜はこれをして」

黙って話を聞いている私に、グランツ殿下はそう言って私の目に布を巻いた。

「これで目を開けてしまっても大丈夫」

「……これでは私の顔が隠れてしまいます。私は、顔だけが取り柄で……」

控えめに口を開いて言葉を発した私に、グランツ殿下がふっと小さく笑った声が聞こえる。

「確かに君はとても美しい人だが、そんなこと、僕には関係ないよ。それに先ほども言ったが、僕は君に何かする気はない」

「ですが、私はその覚悟で……！」

「いいんだ、僕には弟が二人もいる。世継ぎができなくても問題ない。それに、顔が見えないのはこれでおあいこだ」

「……」

姿は見えないけれど、グランツ殿下が笑ってくれているのがわかる。

ああ……そんな。

自分を見てもらえないという悲しみが、どんなものか私は知っている。

年頃《としごろ》になってオシャレをしたり、友人と遊んできた楽しそうな話を聞いたり、社交界デビューしたり……。

私はいつも、そんな輝かしい話をアビアナの口から聞いているだけだった。

もちろん殿下と私は違うけど……。

こんなに優しくしてくださるなんて。

きっと彼は、知っているのね。人は目で見たものしか信じないのだと。そして人の本質は、心の中にあるのだと。

「今夜は同じ部屋だが、僕はソファで寝るから安心して眠るといい」

「そういうわけには参りません！」

「いいんだ」

「……」

目隠しされていても、彼が私を気遣ってくれているのが伝わってくる。

「これからのことも、何かあれば侍女に言ってくれ。本当に、僕なんかのところに嫁ぐことになってしまって……申し訳なかったね」

「……」

何度も繰り返されたその言葉には、やはり悲しみが含まれていた。

私は、この方の苦しみや悲しみが理解できるような気がする。

なんとかしたい。私が、少しでも彼の力になれたら——。

　ベッドを離れていくグランツ殿下が、ソファが置いてあったところあたりで腰をおろしたのが音でわかった。

「おやすみ」

「……おやすみなさい、グランツ殿下」

　それからは一言も発することのなかったグランツ殿下だけど、ずっと起きているのが空気を伝ってわかった。

　彼だって、本当は寂しいんだわ。けれど私を気遣ってくれている。

「……っ」

　それを思うと、胸がぎゅっと締めつけられる。

　いつかグランツ殿下の心を開いて、その気持ちを本当に理解してあげられたら――私はそう、願わずにはいられなかった。

＊

　それから、グランツ殿下がおっしゃっていたように私たちの寝室は別になった。

　今までの私の暮らしからは想像できないような豪華な食事と、毎日のお風呂にオイルマッサージ。

　薬師の方が調合してくれたオイルのおかげで髪にも肌にも艶が出て、これ以上食べられないというほどの贅沢《ぜいたく》な食事とダンスレッスンで、私は日に日に健康的な身体を手に入れていった。

更に教養を身につけるための勉強も始まったけど、新しいことを学ぶのはとても楽しかった。

私はこれまでろくに勉強を教わってこなかったのだけど、家にある本を読むのが好きだった。

アビアナが将来いい相手と結婚するために教養を身につけるべく買ってもらった本に、彼女はまったく手を付けていなかった。だからそれらの本を、私は片っ端から読んできたのだ。

そのおかげか、案外すんなりと頭に入ってくることが多かった。

グランツ殿下と顔を合わせるときは必ず特殊な遮光眼鏡をかけさせられたけど、そもそも彼と会話できるほどの距離に行くことがそうなかった。

グランツ殿下は滅多にお部屋から出てこないから。

周囲の人間に迷惑をかけないためにそうしているのだろうということが、私にはわかる。

そんな生活がひと月ほど続いたその日――。

月に一度、グランツ殿下と寝室をともにする日がやってきた。

お城の侍女の方たちのおかげで、私の見た目は結婚式を挙げた日よりもだいぶよくなったのではないだろうか。

だから今夜こそ、私の勤めを果たそうと思う。

「グランツ様、お待ちしておりました」

「……その格好はなんだ？」

目を閉じたまま、私はグランツ殿下の声がするほうに身体を向けた。

今日《きょう》は侍女にお願いして、少し色っぽい夜着を用意してもらったのだ。

だって私は殿下の子供を産むために嫁いできたのだから。

役割を果たさなければ、殿下にも「いらない」と言われてしまうかもしれない。それに私は、殿下と〝夫婦〟になることを、諦めてはいない。

「男の方はこういうのがお好きだと聞きまして」

「……」

本当は少し恥ずかしいけど、こういうものなのだと思って割り切ることにした。

これくらいで怖《お》じ気《け》づいていたら、王子の妻なんて務まらないわ……！

「アビアナ」

「はいっ！」

グランツ殿下が近づいてきたのが、足音と声が聞こえた近さでわかる。

ぴしっと背筋を伸ばして返事をした私の肩に殿下が触れたと思ったら、そのまま何かあたたかいものが私を包み込んだ。

「そんな格好では風邪をひいてしまうよ？」

「え……？」

これは……ガウン？

グランツ殿下が羽織っていたものだろうか……。あたたかくて、気持ちがいい。

「僕は君に何かするつもりはないと、前にも言っただろう？」

「……」

優しく、穏やかな声でそう言うと、グランツ殿下は結婚式の日同様、私に目隠しをしてソファで眠ろうとした。

「グランツ殿下――」

そんな彼に向かって、私は思いきって口を開く。

「どうした？」

「……少しお話ししてもよろしいでしょうか」

「ああ……」

父には余計なことをしゃべるなと言われたけれど、私はどうしてもグランツ殿下にお伝えしたいことがある。

だから目隠しをしたまま、ソファにいるだろうグランツ殿下に近づこうとベッドを下りた私は、足下が見えないために転びそうになった。

「……っ」

「危ない！」

その身体はグランツ殿下によって支えられる。

「申し訳ございません」

「……いや。こちらへ」

「ありがとうございます」

グランツ殿下に手を握られ、ゆっくりとソファに誘導される。

殿下の手はとてもあたたかいなめらかな肌だけど、大きな男の人の手だった。

「それで、話とは？」

ソファに横並びで座った私たち。すぐ隣の、少し上辺りで、グランツ殿下の優しい声が聞こえる。

「グランツ殿下に、感謝を伝えたくて」

「え？」

「私は、グランツ殿下と結婚できてとても幸せです」

「……」

顔は見えないし、私の目も隠れているけれど、それでも彼を見上げて言った。

「そんなはずはない……。こんな男に嫁いで幸せな者がいるはずない……」

「いえ……！　本当です」

グランツ殿下の声は少し低くて、憂いを含んでいた。

けれどこの気持ちが偽りではないということが伝わるように、もう一度力強く言った。

未《いま》だに繋《つな》がっていた彼の手を、思わず強く握ってしまう。

「……それは、君がこれまで家族から酷《ひど》い扱いを受けていたからか？」

「え……っ」

グランツ殿下を見上げていた私に、殿下も身体を向けてくれたのが、微《かす》かな音と動きでわかる。

「言いたくないことは聞かないが、最初に顔を合わせたときと、結婚式を挙げた日の君は……別人だった」

「………」

耳に響いたその言葉に、私の身体を冷や汗が伝う。

「この手も……顔合わせをした日は肌荒れ一つなかったが、結婚式のときはもっと荒れていた。今ではだいぶよくなったね」

「………」

そう言って握っていた私の手を持ち上げたグランツ殿下に、鼓動が速まっていく。

グランツ殿下は、しっかり見ていたんだわ。

アビアナのことも、私のことも――。

「申し訳ありま――！」

グランツ殿下に嘘をついてしまった。騙《だま》してしまった。美人なアビアナではなく、貧相な私が嫁いでしまった……！

慌てて謝罪の言葉を口にしたら、私の唇に何かが触れて、言葉が遮られた。

「大丈夫、君は君だ。健康的になって、よかった」

「………っ」

たぶん、グランツ殿下が私の唇に人差し指を当てているのだろう。「しー」と言いながら小さく囁《ささや》かれた言葉に、私の胸はぎゅっと熱くなる。

この人は、本当にどれだけ優しい人なのかしら……。

結婚相手が入れ替わったことに気づいていたのに、気づいていないふりをして、更に健康的な身体になった私を喜んでくれている。

どうして、そんなことが言えるの？

一体今、どんなお顔をされているの……？

「……私は、グランツ殿下のためなら……なんだっていたします」

「……」

世継ぎをつくることだって。それ以外のことだって。

「もし私でよろしければ……グランツ殿下のお側《そば》にいます。いつでも……」

余計なことかもしれないけれど、私には彼の気持ちがなんとなくわかるから。

独りぼっちの寂しさが、どんなに辛《つら》いかわかるから……。

だから、たとえ断られたとしても、この気持ちだけは伝えておきたいと思った。

「ありがとう。それじゃあ一つだけ、お願いしてもいい？」

「はい！」

すぐ近くで聞こえるグランツ殿下の声に、私は姿勢を正して返事をした。

どんなお願いだって受け入れる覚悟で。

「アビーと呼んでも、いいだろうか？」

「え……？」

「それから、できれば僕のことはグランって呼んでほしいな」

……そんなこと？　そんなことでいいの？　私にだって、もっと、もっと色々できることはあるはずなのに――。

「もちろんです、……グラン様」

「ありがとう。嬉《うれ》しいよ、アビー」

「……」

グラン様が笑ったのが、わかった。

愛称で呼び合う……たったそれだけのことが、そんなに嬉しいだなんて。

彼のこれまでの孤独を感じて、胸が締めつけられる。目隠しの下で、じんわりと涙が込み上がる。

「嬉しいのは私のほうです……グラン様」

「そうか……それなら、よかった」

グラン様が今どんな表情をされているのか、私は想像することしかできないけれど……せめて気持ちだけでも伝わるように、彼をまっすぐに見上げた。

「アビー……君は、とても美しい人だね」

「……」

グラン様の指が私の頬《ほお》を撫《な》でる。

私より美しい人はもっとたくさんいる。けれど、グラン様が言っているのは、きっとそういう美しさのことではない。

近くで囁かれた声に鼓動が跳ねたけど、それ以上は何もなく、グラン様は「今日はおやすみ」と言って再び私をベッドまで誘導してくれた。

＊

グラン様と結婚して、三ヶ月が経った。

今日はグラン様の二十三歳のお誕生日で、王宮内の大ホールでパーティーが開かれていた。

招待客はとても多かった。

来賓には特殊な遮光眼鏡が配られたけど、主役であるグラン様はホールの中心から離れた玉座に座っている。

この距離からならば、たとえ遮光眼鏡を外しても目が潰れてしまうことはないだろう。

私も遮光眼鏡をかけているけれど、隣にいるグラン様のほうを見ないよう、侍女にきつく言いつけられている。

グラン様の光は、徐々に強さを増しているらしい。この距離では、遮光眼鏡をかけていても目がやられてしまう可能性があると。

「今日のアビーは一段と綺麗《きれい》だね」

「ありがとうございます……侍女たちが、この日のためにドレスを新調してくれたのです」

私からはグラン様の姿を見ることはできないけれど、グラン様には私のことが見えているから。

そう言って、侍女たちははりきって私を美しく着飾ってくれた。

グラン様の瞳の色であるらしい、淡いブルーのドレスに、グラン様の髪色に近いという金色のリボン。髪の一本に至るまで丁寧に整えてもらい、私はグラン様のお誕生日をお祝いするパーティーに、妃《きさき》として出席している。

先ほど、鏡で自分の姿を見たときは本当に驚いた。数ヶ月前までの私は、もうそこにはいなかった。

私は、〝グランツ王子〟の妃として、少しは相応《ふさわ》しくなれたかしら。

想像もしていなかったような幸せが、ここにあった。けれどこれもすべて、グラン様のおかげ。

「グラン様も、本日は正装されているのですよね？」

「ああ、そうだよ」

「きっと、とても素敵なのでしょうね」

「……」

私がそう言うと、グラン様が小さく笑うような吐息が聞こえた。

見てみたい……。グラン様は、今どんなお顔をされているのかしら。どんな視線を私に向けているのかしら。

グラン様ときちんと目を合わせて、会話がしたい。

けれど、それは許されないのよね。

この距離では、顔を合わせて会話することすら禁じられているのだから。

でも……本当にみんなが言うほど、グラン様の光は強烈なものかしら？

私は月に一度、一瞬だけど遮光眼鏡をせずに彼と顔を合わせる。目を閉じているとはいえ、それほど危険に感じたことはない。

だからいっそ目を開けて、この目でグラン様の姿を見てみたい――。

グラン様を知れば知るほど、その気持ちが強くなっているのも、事実だった。

「退屈だろう。アビーも好きに踊ってきていいよ」

「いいえ、私はこちらでグラン様とおります」

「……そうか、ありがとう」

会話ができるギリギリくらいの位置に置かれた椅子《いす》に座っている私は、グラン様と一緒に来賓の方々の姿を眺めていた。

するとその中に、よく知っている人物の姿を見つけた。

――双子の姉、アビアナだ。

「……グラン様、申し訳ありませんが、少しだけ席を外します」

「ああ、わかった」

グラン様に断りを入れて、席を立つ。

アビアナは私と入れ替わった。うちに娘は一人しかいないことになっている。

それなのに、どうしてアビアナがここにいるの――？

見つかったら大変だというのに……！

「お姉様……！」

「あら、ご機嫌よう、アビアナ様」

アビアナが一人になったところに急いで駆けつけた私は、遮光眼鏡を外して彼女に声をかけ、人が少ないホールの端に寄った。

「どうしてこんなところに来たのですか？」

やっぱり雰囲気は私と全然違う気がするけれど、顔はとても似ている。アビアナ妃と同じ顔の女性がここにいたら、他《ほか》の方たちが混乱してしまう。

遮光眼鏡をかけて目元を隠してくれているのが、せめてもの救い。

「いいじゃない、私だってパーティーに参加したいのよ。ちょうどよかったわ。あなた、パーティーが終わるまでどこかに隠れていなさいよ。今だけは私がアビアナ妃になるから。どうせあの王子はあそこから下りてこないのでしょう？」

「そんな……っ」

なんて勝手なことを言うのかしら……！　あなたが私に代わってと言ったから、こうなったのに。

「それは困るわ、グランツ殿下も混乱されてしまう……！」

「じゃあ私はこの先一生、社交の場に来ちゃいけないっていうの⁉　どうしてあんたにそんなこと言われないといけないのよ‼」

「それは……」

興奮気味に少し大きな声を出したアビアナに、私は怯《ひる》んで言葉を詰まらせる。

これまで私は、父や姉の言いなりになって生きてきた。どうしてもその記憶や癖が抜けない。

「あんたなんて私の身代わりの、影の存在のくせに！　黙ってなさいよ、この忌み子！　私は私でいい相手を見つけるんだから、邪魔しないでよ。ああ、安心して、私は養子として子爵家にもらわれてきた子として新しい人生を生きるから――」

アビアナがふんぞり返ってそう言った直後、彼女ははっとして目を見開くと、素早く頭を下げた。

それと同時に周囲の者たちも慌てたように遮光眼鏡を手に取り、かけ始める。

「こっちを振り向かないでね、アビー」

「！」

グラン様だ。

グラン様が、玉座から下りてここまで来た――。

私たちから距離を取るように離れていく人たちは、グラン様が自らホールに下りてきたことに動揺している。

「そこのご令嬢、僕の妃があなたに何か失礼を？」

「い……いいえ……！」

アビアナは頭を下げたまま震えた声で答えた。

「顔をお上げくださいと言いたいところですが……、遮光眼鏡をかけていても、僕のことが怖いですか？」

「……」

グラン様はまだ私の後ろにいる。これくらい距離が離れていれば、顔を上げても目が潰れてしまうということはないはずだけど、アビアナは顔を上げない。

彼女は一度グラン様と顔を合わせている。あのときのアビアナが自分だとばれることを恐れているのだろうか。

だからこんな場所に来なければよかったのに。

「顔を上げてください」

「……」

「顔を上げろ」

「……っ」

いつもは穏やかなグラン様の、こんなに鋭い声を聞いたのは初めてだった。

アビアナは速やかに顔を上げた。

「僕はこのような姿をしていますが、それでもこんな僕のもとに嫁いできてくれた彼女を心から大切に想《おも》い、愛しています。そんな彼女を傷つけるような真似《まね》は、絶対に許さない」

「…………」

顔を上げたアビアナはグラン様のほうを向いている。

姿など見えなくても、グラン様がどれだけ怒っているかが、私にはよくわかった。

「きゃぁ!?」

そのとき。遮光眼鏡越しにアビアナの瞳が震えたと思ったら、彼女が突然叫びながら目を押さえてしゃがみ込んだ。

「グランツ殿下――!」

周囲の貴族たちもグラン様から顔を背け、従者が慌てたように彼の名を呼ぶ。

すぐ後ろにいる彼から、とても大きな力が溢《あふ》れているのが、私にまで伝わってくる。

やはりグラン様の光は、日に日に強くなっている——。

「……すまない、アビー。これ以上人前に出れば、僕はみんなを傷つける」

後ろから私の肩に手を触れると、グラン様は耳元でそっと囁くように言った。

「この力は年々大きくなり、抑えが利かなくなっているんだ。だから今日のパーティーを最後に、僕が人前に姿を出すのはやめるよ」

「え……？」

「君と結婚できて嬉しかった。少しの間だが、僕と一緒にいてくれてありがとう。しかし君ももう、自由になってくれ」

「……グラン、様？」

そして最後に、グラン様はハンカチで私の目元を覆った。

グラン様は、もう人前に姿を現さない……？

生きているのに……存在しているのに、身を隠して生きるというの……？

それでは、今までの私と一緒だ。

こんなに素敵で優しい方なのに、そんなの悲しすぎる——！

「アビー!?」

覚悟を決めた私は、彼を振り返って目元に巻かれていたハンカチを解《ほど》いた。

「僕を見ては駄目だ……!!」

グラン様は慌てたように叫ぶと、自分の腕を顔の前に掲げて私から顔を逸《そ》らした。

そんなことをしたって、身体全体が輝いているのなら無駄だと思うけど。

……もう、グラン様は本当に、どこまでも優しい人なんだから。

「グラン様」

「……っ」

「グラン様」

「………っ」

「大丈夫ですよ、グラン様」

「………え?」

顔を覆っている彼の腕に触れた私に、グラン様はようやく腕を下げ、じっと私に視線を向けた。

「ああ……、やっと目が合いましたね」

「……アビー、君は、僕を見ても平気なのか……?」

「はい。はっきり見えていますよ。確かに、とても眩しいくらい、素敵な方ですね」

彼の目をまっすぐ見つめて微笑《ほほえ》むと、グラン様は美しい瞳を大きく見開いて口を開いた。

「僕が……僕のことが、見えるのか……!?」

「はい、グラン様」

しっかりと、グラン様の目を見て答える。

宝石のような美しい碧眼《へきがん》に、輝くような金髪。……少し不揃《ふぞろ》いに切られた長めの髪は、今度きちんと切り揃えてもらったほうがいいわね。

でも、整った目鼻立ちも、美しい肌も、国一番の美人と評されていた今は亡き王妃様にとてもよく似ている。

「なぜ……なぜだ、なぜ僕のことが見える⁉　目は平気か⁉」

「私は、闇魔法の使い手なのです」

「闇魔法……？　なんだって⁉」

私たちの会話を聞いていた者たちが、途端にざわついた。

これは私自身も一種の賭《か》けだった。

でもたぶん私なら大丈夫だという自信も、どこかにあった。

それに、今はそれよりも、彼の顔が見たいという気持ちと、彼に寄り添いたいと願う想いが大きくて、強かった。

「私があなたに闇を射しましょう」

「⁉」

グラン様の腕に手を触れたまま、願うように力を流す。

闇魔法の使い手である私には彼の姿を見ることができたけど、このままでは他の者を危険にさらしてしまうということは、変わらない。

だから私が、なんとかしたい。

「グランツ殿下……⁉」

「ああ、グランツ殿下……‼」

彼の従者たちが、感嘆の息を吐きながら口々に彼の名を呼ぶ。

姿を捉えることはできても、まだ光り輝いて見えていたグラン様が、私の力を受けてその輝きを落ち着かせていく。

「これでもう大丈夫です。みんな、あなたの姿が見えます」

「……なんだって？」

「グランツ様！　確かに見えます‼　我々にも、あなた様の姿が……‼」

「ああ、なんということだ……‼」

見目麗しい王子を前にして、周囲の者たちが沸き立つ。

グラン様自身は、とても不思議そうに自分の手や身体を見つめている。

「……みんな、僕が見えるか？」

「見えております……！　しっかりと……‼　遮光眼鏡も必要ありません‼」

そう言って、彼らは嬉々《きき》として遮光眼鏡を外した。

「しかし一体これは……⁉」

けれどすぐに、みんなの視線が私に向けられる。

闇魔法は邪悪。私は捕まって、殺されてしまうかもしれない。

けれど、それでもいい。こんなに優しい王子様のためならば、私はこの力を惜しみなく使える。

きっと私はこの方のために、生まれてきたのだから――。

「……っ、そうよ!!　この女は闇魔法が使えるのよ!!　この魔女め!!　捕まって処刑されるがいいわ!!」

　すると、床にしゃがみ込んで目を押さえていたアビアナが私に指をさして叫んだ。

　指の隙間《すきま》から見えた彼女の目は血走っている。

「なぜ彼女が処刑されねばならぬのだ？」

「……!?　国王陛下!!」

　ずっと玉座に座っていた陛下が、ふと声を上げた。

　それにより、ざわついていた会場内が一瞬にして静まり返る。

「……私は闇魔法の使い手です」

「うむ、とても素晴らしい力だ。これまでどんなに力のある魔術師でも、息子の光を押さえ込むことはできなかった。だが君のその力のおかげで、グランツは救われたのだ」

　陛下の静かで落ち着きのある声だけが、私の耳に響く。

「ですが、闇魔法はとても邪悪な力で……」

「この国にそのような法律はない。かつて魔王がその力を使っていたのは事実だが、悪いのはその力ではないぞ。重要なのは持って生まれた力をどう活《い》かすかだ。そなたは誠、グランツの妻として相応しいな」

「……」

にこやかに微笑んだ陛下のお言葉に、私の胸から何か熱いものが込み上げてくる。

私は、忌み子ではないの……？

グラン様の妻でいられるの……？

「アビー」

「……グラン様」

涙を堪えている私に、グラン様が優しく手を差し伸べてくれる。

その手に掴《つか》まろうと自分の手を伸ばしたら、アビアナがもう一度叫んだ。

「私が本当のアビアナです！　殿下！　あなたの本当の妃は、私なのです!!」

その言葉に、私の身体はびくりと揺れる。

「そうでしょう！　あんたは私の影よ！　返しなさいよ！　私のグランツ様を――！」

そうだ。これまで私はずっとアビアナで、アビアナの影だった。

華やかな表に出るのはアビアナで、私は生きているだけでありがたいと思わなければならない存在。

だから、アビアナがいらないと言ったものはもらい、返せと言われたら返してきた。

――これまでは。

「嫌です。グラン様だけは、返せません」

「な……っ！　生意気言うんじゃないわよ!!　グランツ様！　この女は私からあなたを奪ったのです!!　あなたと婚約を結んだのはこの私です!!」

アビアナの叫びに、グラン様は彼女へ視線を向けた。そして――、

「君は誰だ？　知らないな。僕が結婚式で愛を誓ったのは確かにアビーだった。それに、フローシュ子爵家には娘が一人しか存在しないはずでしょう？」

「……ですから、実は双子の姉妹で……！」

「ではあなたとフローシュ子爵は、これまでずっと王族に嘘をついていたというのか？」

「あ……」

「それは問題だな。とても貴重な闇魔法が使える彼女を隠していたなんて」

「いえ……それは……っ」

「まさか、そんなはずありませんよね？　アビーに姉妹はいない。姉なんて、存在しない。それにあなたたちは、まったく似ていない」

「ああ…………そんな……」

にこやかに、けれどとても低く重みのある声で発せられたグラン様の言葉に、アビアナはそれ以上何も言えずに俯いた。

＊

「本当にありがとう」

「いいえ、お礼を言うのは私のほうです」

その日の夜、髪を切り揃えたグラン様と、私は同じ寝室でワインで乾杯していた。

グラン様のお誕生日と、そのお姿がみんなに見えるようになったお祝いに。

「アビー、君の本当の名前を聞いてもいい？」

ワイングラスを置いて、グラン様は私の隣でそっと問う。

「……父と姉には、アビスと呼ばれておりました」

「アビス……そうか。では、これからもアビーと呼べるね」

「はい」

グラン様の優しい声に頷くと、彼の手が私の頬に伸びてくる。

グラン様はその心同様に、とても美しいお顔をされている。ずっと、見ていたくなるわ。

「アビー、僕と結婚してくれて本当にありがとう」

「それは私の台詞《せりふ》ですよ」

「愛しているよ、君だけを。それから――」

嬉しそうに頬を緩めてそう言った後、グラン様は少し緊張したような、真剣味を帯びた視線を私に向けた。

「やっぱりできれば、僕のことも愛してほしいな」

少し照れくさそうにそう呟《つぶや》いたグラン様の手に自分の手を重ねて、私は微笑み返す。

「もう愛していますよ、グラン様」

「……本当？」

「はい」

「それじゃあ、今日から本当の夫婦として、やり直させてもらえるだろうか？」

「もちろんです。よろしくお願いいたします」

「ああ……アビー。大好きだよ」

ふわりとグラン様の香りが鼻を掠《かす》めたと思ったら、きつく彼の胸の中に抱きしめられた。

「私も好きです、グラン様」

私も彼の背中に腕を回して、その想いにお応《こた》えする。

「アビー」

いつもの優しい声で名前を呼ばれて視線を上げると、とても愛《いと》おしそうに私を見つめているグラン様の瞳と、視線が絡み合った。

この方は、いつもこんなに愛おしそうな表情《かお》で私を見ていたのかしら……。

そんなことを考えていたら、グラン様の形のいい唇が落ちてきて、そっと重ねられた。

すごく優しいこの温もりは、間違いなくグラン様のもので。

幸せそうに笑っているそのお姿を瞳に焼き付けて、私もこの幸せを噛《か》みしめた。

「愛してる――」

熱い吐息に混ぜて、耳元でもう一度そう囁いたグラン様に、私は溶けてしまいそうになったけど。

これからは本当の夫婦としてグラン様と一緒にいられると思うと、本当に幸せ。

グラン様と過ごす一つ一つの時間を、大切にしていきたい。

そんな未来を想像して、私は胸を高鳴らせた。

契約結婚の相手が『君を全力で愛するから気をつけろ』と警告してきました

そらほし
ill. 鳥飼《とりかい》やすゆき

春の暖かな日差しに溢《あふ》れる正午。オランティア侯爵家の誓約の間に、魔方陣から放たれた光が充満する。それがこの厳《おごそ》かな場において誓約の魔力合わせを終え、無事に結婚式が執り行われた合図だ。

途端、陶磁器のように艶《つや》やかな肌と緩いカールの麗しい金髪に、切れ長の瞳《ひとみ》、鼻筋の通った美しい顔立ちの花婿《はなむこ》——ジーク・オランティア侯爵が跪《ひざまず》き、その気品ある手を純白のウエディングドレス姿の私——レオナ・ルーデンへと差し出した。

そして彼は長い前髪が頬《ほお》にかかるのも気にせず、蕩《とろ》けるような青い瞳で私を見つめ、甘く切ない声で愛を請う。

「その深い湖の底を映したような清廉な瞳。ふわふわと燃え上がるような赤い髪は力強さと共に愛らしさも兼ね備えているんだな。ああ、本当に君は美しいね、レオナ。君みたいに素晴らしい女性を妻にできるなんて、俺《おれ》は王国一の幸せ者だ」

キラキラと輝くような笑顔と砂糖菓子より甘い言葉に、参列者たちからは「ほう」と、うっとりとした声があがる。そんなジーク様の姿に、私は背中にぞわぞわっとしたものが走った。

グランディル国王陛下の従兄弟《いとこ》にあたる高貴な立場であり、誰《だれ》もが認める美貌《びぼう》の持ち主であるジーク様は、普段は〝氷塊の貴公子〟と呼ばれるほど冷たく無愛想で有名だ。その彼が今まで見たこともないような柔らかな笑みを浮かべ、花嫁の手を握っているのだから見蕩《みと》れたくなるのもわかる。

本当にね。私だって、見ているだけならそう思う。しかし——。

〝契約結婚〟した立場としては、別だ。私は彼に流されないように、ぐっと奥歯を噛《か》みしめた。

「いや、その……どうで、しょう？」

「なんだ、俺の心を疑うのか？　いや、そうだな。君のように非の打ち所がない女性から見れば、俺の気持ちの押し付けなどはおこがましいだけなのかもしれない……少し寂しいが」

　ぐぅっ。やめてー。ちょっと、もう黙ってー。周りの視線が痛いし怖い……。

　いえいえいえ。おこがましいなんて、そんなことまったく思ってもいません。周りに聞けば百人中百人が、この貧乏貴族で普通顔のくりくり赤毛女がずうずうしい、と思うはずです。絶対。

「だが、これだけは知ってほしい」

　ジーク様はきゅっと眉《まゆ》に力を込め真剣な顔つきになる。その縋《すが》るような熱のこもった瞳に目が奪われ、一瞬だけぼうっとなった。

「俺が、今日《きょう》のこの日を一日千秋の思いで待ち望んでいたことを。そして、これからもずっとその気持ちは変わらないということを。……愛しているよ、レオナ」

　うっすらと頬を染め、潤んだ瞳で上目遣いに私を見つめてくるジーク様からはフェロモンがこれでもかとだだ漏れしている。さっきまで私を睨《にら》んでいた参列者の女性たちが、巻き添えを食らったみたいに「ああっ……！」と声をあげてバタバタと倒れていくのが視界に映る。

　……なにこの破壊力？　怖っ！

『――式を挙げると、君を全力で愛することになる。どうかくれぐれも気をつけてくれ』

　ジーク様との契約結婚に同意したときに、仏頂面した彼から言われた言葉を反芻《はんすう》する。確かに前もってそう警告は受けていたけれど、これほどまでとは思わなかった。

　……うん。これは思っていた以上に私の考えが甘かったのかもしれない。

ちらりとジーク様の方をうかがうと、ふわっとした柔らかい笑顔を向けられて、勝手にきゅんっと心臓が飛び跳ねる。

ど、どうしよう。……私、こんなので本当に、一年間この人を拒否できるのっ!?

＊＊＊

「けっ、……結婚っ!?」

「そうだ、レオナ嬢。突然のことで驚いただろうが、君には俺の花嫁になってもらう」

豪華な応接室で私に向かいそう言ったのは、高い地位と膨大な魔力、そしてとてつもない美貌を兼ね備えた若きオランティア侯爵、ジーク様だ。

ちょ……絶対に誰かと間違えている！　そんなこと……あるわけがないっ！

この世界は人とエルフやドワーフといった異種族が共存し、魔法が生活の中に根付いている。

私たちの住むグランディル王国では、魔力を持つ王族や貴族は魔法を駆使して国政を担ったり、領地を運営していたりする。そして多くの一般国民は魔力を持たないが、魔法道具や魔方陣によってその恩恵を享受していた。

そのため十五歳から十八歳までの三年間、貴族は当然のこと、魔力を有する一部の一般国民まで皆、種族関係なしに魔法学院で魔法や魔法道具について学ぶことが良しとされていた。

さらにその中でも優秀な成績を修めた者は魔法研究所へ進むことができ、国お抱えの魔法使いに必須の国際資格〝魔法士〟への道が開かれることとなる。

私はこの春、魔法学院を卒業して夢のエリートコース、魔法研究所への就職が決定していたのだが……。

それなのに、結婚？　今の今まで婚約者どころか、結婚話のけの字もなかったのだからそんなはずがないと尋ねたが「間違いではない」とあっさり切り捨てられてしまったのだ。

「式は来月早々。準備は全てこちらでするので、君は身一つで来てくれればいい。勿論《もちろん》、ルーデン卿にも了承は得ている」

ジーク様は氷のような青い瞳を私に向けながら、淡々とこれは決定事項だと言い放った。

何、勝手に了承してるのよっ!?　いくら貴族は父親が子どもの結婚を決定するといっても、ずっとほったらかしだったくせに……。

いや、それに来月って……いくらなんでもそれはおかしくない？　婚約期間もすっ飛ばしたあまりのスピードに顔面蒼白《そうはく》になりながら、気を失わないように自分の腕をつねる。

「痛っ……いえ。……そう、ですね。あの、よろしいでしょうか。いったいなぜ私と結婚などと……」

ルーデン家は仕官とは名ばかりで俸禄《ほうろく》だけで暮らしている極貧伯爵家だ。領地もなく王都に猫の額ほどの屋敷、そこに二人の下女と一人の下男を雇うのがやっとの生活。商売をやっていてちょっとお金に余裕のある平民の平均と同じような暮らしぶりであり、国王の従兄弟で侯爵という立場のジーク様とは格が違う。オランティア侯爵家はほぼ雲の上の存在と言っていい。

そんなジーク様と私が結婚!?　信じられない、信じられない。いえ、信じたくない！

私は「女にたいした学問など必要ないから、卒業さえできればよい」という非常に古い価値観の貴族らしい父母の考えのもと、余分なお金はないと学業に必要な備品さえろくに買ってもらえなかった。そんな状況でも勉学に心血を注いだ結果、自力で魔法学院次席卒業という快挙をもって、魔法研究所の研究員として籍を置けることとなったばかり。

後は父母の目をかいくぐり、家庭教師をして貯《た》めた貯金で借りた借家に引っ越すだけというところまで漕《こ》ぎつけたのだ。それもこれも全部、国際資格の魔法士となり、貴族ではなく一人の人として生きていこうと考えたから。それなのに――。

結婚？　嘘《うそ》でしょう⁉　だって、ようやく、ようやくよ？　魔法士になるための第一歩を踏み出すことができたのに……。なんていう冗談なのよ……。

努力が花開いて、実を結ぶ前に刈り取られる。そんな理不尽なことがあっていいのだろうか。

いっそ、地方にでも逃げて一からやり直してみたら……。淡い逃避が一瞬頭をよぎったが、そんな考えは眉間《みけん》に皺《しわ》を寄せたジーク様の言葉であっさりと出鼻をくじかれてしまった。

「ああ、ちなみにこれは王命だ。陛下は是が非でも俺に結婚というものを体験させたいらしい」

陛下ぁあ！　それじゃあ逃げられないじゃない！　あの、そんなに従兄弟が可愛《かわい》いのならば相手をもっと気遣って選んでやってください！　こんな私みたいな名ばかりの貴族じゃなくって。

叫びたくても言葉に出せない思いをのみ込み、苦虫を噛み潰《つぶ》したような顔になる。そんな私の表情を見て、ジーク様の目元がほんの少し緩んだ気がした。

「君は俺のことが嫌いか？　この結婚話をまったく喜んではいないようだが」

聞きようによっては、ものすごくずうずうしく自信過剰な台詞《せりふ》をさらっと言ってのける。いやまあ実際のところ、その自信に裏付けられた容姿も地位も持っているだけに嫌みにもならないのだろうけれど。

しかし私には、そんなものよりも自身の足で立つという明確な夢がある。どれだけ優良物件であっても欲しいものはそれではない。

「え、あの……嫌い、とか……そういう意味ではなくて……その……」

「一人で生きていきたいから、だろう？　だから、君は結婚などしたくない。誰であろうと」

は？　なんでそれを知って……？

「あの阿呆《あほう》が許せる家格の令嬢の釣書を、全て細微にわたって調べさせた。その中でレオナ嬢だけが俺の要求に応《こた》えてくれると思ったからこそ選ばせてもらった」

……阿呆というのが誰を指すのかは考えるだけでも怖いので、この際横に置いておく。しかし要求とはなんだろうか？　首を捻《ひね》り、いったい何が言いたいのか教えてほしいと目で訴える。

すると、私がここへ来てから初めて、ジーク様の口角が上がった。

「俺は君に〝契約結婚〟を提案する」

「……けいやく、けっこん？」

「そう、一年間限定の契約結婚。こちらから君に手を出すような真似《まね》は絶対にしないから安心してくれ。君にはこの結婚生活を一年間だけ耐えてもらいたい」

「あ、はあ……」

「夜会など最低限の同伴は頼みたいが、それ以外は何をしてもいい。自由に過ごしてくれ。一年後には円満離婚の形で慰謝料名目として迷惑料も弾もう」

結婚しろと言われたときと同じくらい唐突に、けれどもそれ以上に突拍子もない提案に、頭の中を整理するのに時間がかかる。つまり理由は知らないが、ジーク様は結婚をしたくないものの、王命で絶対に結婚しなければならない状況に追いやられた。

そこで、同じように結婚せずに自立の道を目指す私にその白羽の矢を立てたということか……。

うん、悪くない。

私は姿勢を正すと、ごくりと息を呑み、一番譲れないことを尋ねた。

「あの……何をしてもいいということであれば、魔法研究所へ通うことは可能でしょうか？」

「研究所？　ああ、君は魔法士になりたいんだったな。無論だ。オランティアの屋敷の蔵書にも魔法関連の本が山ほどあるから好きなだけ読めばいいだろう」

その言葉を聞き、突然目の前がぱあっと明るくなった。

由緒正しいオランティア侯爵家の魔法蔵書、研究所への勤務。そして、自由——。

結婚という形をとれば、こそこそ隠れずともたやすくルーデン家を出ることが叶《かな》う。さらに一年という期限は魔法研究所の研修期間と同じであり、上手《うま》くいけばそのまま試験に合格して魔法士の資格が取れるかもしれない。そうすれば全てが完璧《かんぺき》。夢の人生設計が完成する。

こんなの私にとって手を伸ばさない理由なんてない！

「ぜひともお受けします！　どうぞよろしくお願いいたします」

私はテーブル越しに完璧な美貌のジーク様に向けて手を伸ばして〝契約結婚〟を受け入れる同士としての握手を求めた。ジーク様はぴくりと眉を上げると、手を組んだままこっちを見ている。

……あれ、ちょっとずうずうしかったかな？

これ以上ないという条件に舞い上がっていたけれど、相手は侯爵様だ。やる気になったからこそ機嫌を損ねたくはない。ゆっくりと手を戻そうとしたところで、ふっとジーク様が息を吐き出した。

「それから……契約前に一つだけ警告しておきたいことがある」

「え、警告？」

「そうだ。結婚式はここオランティア侯爵家の誓約の間で執り行う。代々そこで誓約の魔力合わせをするというのが決まりなのだが……」

「ああ、魔力合わせですか。定番の儀式ですし、こちらはかまいませんけど」

〝魔力合わせ〟とは貴族の結婚式でよく行われる儀式の一つで、誓いの場において互いに手を合わせて魔力を流し合うというものだ。特に制約がかかるわけではなく、単なる意思表示にすぎないのでいちいち断りを入れる必要もない。〝誓約の間〟とは随分古風な部屋があるものだとは思うけれど、何代も続く歴史ある侯爵家なら不思議でもない。

あっさりと承諾した私から顔をそらすと、ジーク様は言いにくそうに口元を隠した。

「その、誓約の間には特別な魔方陣があって、そこで魔力合わせをすると魔方陣に魔力が流れ……するのだ」

「魔方陣!?」

特別な魔方陣と聞いて、思わず腰を上げてしまった。学院での私の専攻はまさに魔方陣であり、その構築法や定石が研究テーマだったので、由緒あるオランティア侯爵家の特別な魔方陣が見られるのかと思い喜びが先に立ってしまった。何を言っていたのかちゃんと聞き取れず、もう一度……とお願いをすると、ジーク様はぎゅっと眉間に力を入れた。

「つまり、そこで式を挙げ魔力合わせをすると、魔方陣の効果のせいで俺は君を全力で愛することになってしまうんだ」

だからどうかくれぐれも気をつけてくれと、やけくそ気味に吐き出した。

「え、精神に干渉する魔方陣なんて初耳です……。本当にあるんですか？」

魔力がなくても使える魔法道具とは違い、魔方陣というものは普通、魔力に触れて発動するものだ。それだけ魔法道具よりも複雑な魔法が使えるのだけれど、人の精神状態にまで作用する魔方陣は見たことも聞いたこともなかった。

調べてみたい……！

好奇心がうずいたが、その欲求はジーク様のとんでもなく冷ややかな視線で黙らされた。

「それがあるから困るんだ……。初代侯爵から伝わる門外不出の魔方陣であり、絶対に継承すべき決まり事だけにせざるを得ない」

はあ、と溜息《ためいき》を吐くジーク様。

「魔方陣の効力は一年間だけだから、絶対に俺にほだされるな。勘違いするな。好きになるな。頼む」

なるほど。だからこそ〝耐えて〟くれ、なのか。とてつもない自信だと思うけれど、このしかめっ面をしていても愁いを帯びた表情に見えてくるほどの色男だけに心配なのだろう。

自分が正気を失っている間に、契約を反故《ほご》にされて既成事実を作られたらたまったものじゃない。

そんな切実な思いが伝わってくる。

それはそうだ。私だって自分の未来は自分の手で掴《つか》みたい。そのためには円満に契約を結ぶことが大事だ。だから――。

「わかりました。私、絶対に拒否しますので、ご安心ください」

にっこりと笑い約束をすると、ジーク様のほっとしたような顔が視界に入る。うん、これぞ持ちつ持たれつの世界。などとそのとき、私の頭の中には魔法研究所と未来の自分のことでいっぱいになり、ジーク様の胸中など考えてもみなかったのだ。

まさかジーク様の〝全力愛〟が、あれほどの破壊力を持っているなどとは夢にも思わずに……。

＊＊＊

そして秋も深まり始め、あのジーク様が豹変《ひょうへん》した結婚式から半年ほど経《た》った。山のように積まれた資料本と広げまくったスクロール――魔方陣の描かれた巻物――の狭間《はざま》で、私は頭を抱えながら本日三度目の溜息をつく。

「うぉーい。なんだい、なんだい。随分と大きな溜息だねえ。もしかして、またアレのことかい？」

面白がって茶々を入れるのは、所属する研究所の研究員、ピック先輩。魔法士の資格を持っているのにもかかわらず、安い給料の研究所でのらりくらりとすごす変わり者だ。身長は私の肩くらいまでしかなく、銀髪外ハネボブの可愛らしい容姿のエルフ種族。正確な年齢は教えてはくれないが、かなり年上らしい。

その彼女が「ほい」と言って渡してくれたカップを両手で受け取り、ズズッと一口する。ほわっと漂う甘い香りに、つい口が軽くなる。

「アレって……。まあそうなんですけどお……」

「うはは。やっぱり。ほらほら、お姉ーさんに話してごらん？　んん？」

しまった。またのせられてしまった。ぐう……。このハーブティー、自白剤でも入っているんじゃないでしょうね？

些細《ささい》なことまで疑いたくなるのは、結婚して一ヶ月と少し経ったころ、ジーク様からのあまりの猛攻に耐えかね、ピック先輩にぽろりと『この結婚が契約結婚であり一年後には離婚するつもりだ』と漏らしてしまったからだ。〝魔力合わせした相手を愛してしまう〟という魔方陣の効果だけはなんとか秘密を守ったものの、気を抜くと喋《しゃべ》ってしまいそうでちょっと怖い。

しかし今のところピック先輩も私たちの攻防を楽しんで話を聞きたがっているだけなので、私もガス抜きの意味でも偶《たま》にこうしてつられるままに話をするのだった。

合意後に書面で書き起こした契約通り、結婚後もジーク様は紳士的であり、いっさい私に手を出すようなことはしてこなかった。

……あくまでも〝手〟だけは。

目が合えば「今日も綺麗《きれい》だね」と呟《つぶや》き、顔を合わせれば「こうしていられることに幸せを感じる」と微笑《ほほえ》む。顔をわざとそらして無視をしても「君の思索にふける横顔がとても好きだ」と見つめられ、耐えきれずに立ち上がれば「今すごく、君の手にキスがしたい」と囁《ささや》かれる。

こうやって毎日朝から晩まで、手を替え品を替え口説かれるのだ。あの、神々しいまでの完璧スマイルのジーク様に……。

「この間は、もう口説かれるのにもだいぶ慣れてきたって言ってなかった？」

「えー……はい。いや、そのつもりだったんですけれど……」

さすがに毎日、顔を合わせ声を聞いていれば、ドキドキも薄れてきたと思ったのだ。しかし……。

「昨日《きのう》はですね、薔薇《ばら》の花束を貰《もら》ったんです……その、透けるほど薄い花弁でピンク色だけれど、それだけじゃない。きらきらといろんな色を纏《まと》った、輝くような薔薇の……」

「それ、クリスタルローズじゃん！　豪商モッサン商会お抱え魔法士が作る薔薇だよ。すごい！」

そうなのだ。一本でも、私の研究員としての年給よりもはるかに高額な薔薇を、両手に抱えきれないほどの大きな花束にして『結婚半年のプレゼントだ』と贈ってくれた。

この半年でジーク様の行動パターンは読めている。なにせ結婚十日目の記念日から数え、先月まではひと月ごとにドレスやアクセサリーを山のように贈られていたのだ。契約結婚なのだからそこまでしなくてもと何度断っても『だからこそ周りにもちゃんと仲の良いところを見せないとね』と言われると断り切れずに受け取ってしまう。侯爵家に用意された私の部屋のクローゼットはすでに満杯になり増設まで検討されていた。

なので、これ以上はものが増えないように『花束がいいなあ』と自らリクエストをしていたら、贈られたのがそのクリスタルローズの花束だったのだ。

「豪邸が建つね」

「うわぁあん！　そんなつもりじゃなかったんですけどお！」

由緒正しき花瓶に活《い》けられ部屋に飾られたクリスタルローズの輝きが、やけに目に痛かった……。

「しかしあの〝氷塊の貴公子〟から、結婚半年のプレゼントだなんて台詞が出るなんて。愛だねえ」

「愛……だなんて」

もごもごと言い淀《よど》む私に向かい、ピック先輩はへらっと緊張感のない顔で笑う。

「だってさ、半年も続いてんでしょ、それ。本気でなけりゃあ嘘じゃん」

たかが半年、されど半年。

端から見れば私は今、王国で一番といわれる男性に全力で愛されている最も幸せな女性だ。

契約結婚だと知っているピック先輩ですら愛だと言うほどに大事にされている。

絶対に流されないと約束しても、あれだけ真摯《しんし》に目の前で愛を謳《うた》われれば悪い気はしない。

いいや、最初こそ慣れない愛情表現に狼狽《ろうばい》し、挙動不審になっていた私が、むしろこのごろでは戸惑いながらも彼の言葉や視線が、心地よく感じ始めている。

なんだかなー……。ずるいよね、私。

ピック先輩に話しても晴れない気持ちを持て余していると、研究室の扉をコンコンと叩《たた》く音がした。

「レオナ。迎えにきたんだが、もう帰れるだろうか？」

「ジーク様……え、どうしてここに？」

ジーク様は屋敷ではできる限り私のそばにいるし、仕事で離れている間でも常に私のいる場所を把握しているようだったが、今まで研究室に来ることは一度もなかった。それは、好きなことをしていいと言ってくれた約束を守るためだったのかもしれない。

それが、どうしてここに？　私は自分のテリトリーを侵害されたと思うよりも先に、会いに来てくれたことが嬉《うれ》しいと思ってしまった。

「今日は宮殿で夜会の予定だからね。レオナは何を着ても美しいから支度に時間はかからないかもしれないが、遅れたら困るだろう」

「え？　あ……。すみません、急いで片付けますから先に帰っていてください」

早退届けは出していたものの、話に夢中ですっかりと忘れていた。今日の夜会は国王陛下主催のもので絶対に欠席できない。これは契約時の取り決めである同伴すべき夜会だった。

私は急いで目の前に広げていた魔方陣のスクロールを丸め出す。欲張って広げすぎたせいで片付けに時間がかかる。待たせるのは申し訳ないと思っての言葉だったのだが、ジーク様はクスリと小さく笑って私の隣に立つと、スッと腕を伸ばした。

「大丈夫だ。慌てなくてもいい。俺が少しでも早く会いたかっただけだから」

手伝わせてくれと言って、私が抱え込んだスクロールを受け取ると、一つずつ丁寧に巻き始める。

その優雅な仕草と優しい言葉に素直に頷《うなず》いてしまう。

ジーク様はいつもそうだ。『全力で愛するようになる』と言いつつも、愛を押し付けるようなことはしない。約束を守るだけでなく、私の意見を聞いてきちんと尊重してくれる。

ああ、やっぱりこんなの拒否なんてできないわよ……！

恥ずかしくて、それでいて嬉しくて火照る顔が熱い。さっきまでヒューヒューとひやかしていたピック先輩が、ニヤニヤと口元を緩ませながらすれ違いざまに私の耳元でこっそりと囁いた。

「侯爵もさ、その気なんだからさっさと契約なんてブッチして、結ばれちゃいなよ！」

その言葉に、私はピキッと体が強張《こわば》った。スクロールを巻く手が止まる。急に動きを止めた私の顔を、どうかしたのかとジーク様が心配そうにのぞき込んだ。

「どうした、レオナ？」

「えっと……あは、は。これ、向こうの棚のでした。先に置いてきますね」

ジーク様から目をそらして反対側の棚に向かい、巻き終えたスクロールを棚に並べていく間、ピック先輩から言われた言葉が耳の中にこだましてぐるぐると回る。

……そんなこと言ってもね、先輩。契約は、やっぱり契約なんですよ。

このジーク様の〝全力愛〟は魔方陣で構築されたものだ。本物に見えてもそうじゃない。一年経てば消えてなくなる感情で、ジーク様は私が契約を履行できると考えたからこそ相手にと選んだのだ。

私はそれまで流されず、かりそめの妻としての義務を果たせばいい。それで、その後の自由を手に入れられる。

大丈夫。今日の夜会は宮殿の美味《おい》しいワインを飲んで、ただニコニコと笑っていればそれですむ。

「あと半年だから……」

私は期限を小さく呟くと、大きく息を吸って深呼吸をしてから振り返った。それまで真剣な顔で作業をしていたジーク様の表情が、一変して柔らかく微笑む。

「レオナ……！」

私の名前を呼ぶ声から気持ちが溢れて飛び出してくる。クリスタルローズよりも美しいジーク様の輝きに、ふんぐっ、と息をのみながら私は「半年、半年……」と、呪文《じゅもん》のように唱えていた。

＊＊＊

半年まではとてつもなく長く感じた契約結婚も、残り三ヶ月ともなるとゴールが見えてきたせいか、少しだけ一日一日が早くなっているように感じる。しかしそれに比例するように、なんだか落ち着かない気分になることが多くなった。

それは、結婚から九ヶ月ほどが経ったが、いまだに私に妊娠の兆候が出ない――契約結婚だから当然出るわけがないのだけれども――ことにも関係しているようだ。

〝氷塊の貴公子〟と呼ばれ、女性にはいっさい見向きもしなかったジーク様が、結婚を機にあれほど夫婦仲睦《なかむつ》まじくしている。それにもかかわらず子どもができている様子がないということは、私に欠陥があるに違いない。

どうやら侯爵夫人としての務めよりも魔法の研究のほうが大事なようだし、これは見捨てられるのも時間の問題ではないのかという噂《うわさ》が立ち始めた。

気が早すぎるし大きなお世話だとは思うけれど、貴族なんてそんなものよね。

そんな様子だからか、結婚前は近寄りがたい雰囲気があったジーク様ではあるが、今では逆に夜会へ出席するとすぐ、どこそこの令嬢だのが代わる代わる近づいてくるようになった。

これはジーク様には大変な負担だったらしく、日に日に疲れが蓄積していくようだった。

「……今日も疲れた。ねえ、レオナ。いいかな？」

「あ……はい。ええと、どうぞ、ジーク様……」

夜会から帰宅早々のお願いに、私は緊張しながら居間のソファーに座り膝《ひざ》の上を軽く整える。それが合図となりジーク様の体が横になると、彼の美しい金髪が私の膝にごろんと置かれる。

つまり、私はジーク様に膝枕《ひざまくら》をしているのだ。

いつの間にこういうことになってしまったのか？

あれは確か、私が同伴するような夜会ではなく、ジーク様が一人で出席したパーティーの日のこと。煙草《たばこ》の匂いとほんの少しの香水の香りを漂わせながら帰宅した彼が、あまりにもげっそりとして見えたため、つい何かできることはないかと尋ねたら、返ってきた言葉がまさかの『膝枕をしてくれないか？』だった。

一瞬、これは契約の内に入るのかと逡巡《しゅんじゅん》したが、さすがに膝枕はないだろうと断ろうとしたところ、ジーク様の首を軽くかしげながら懇願する瞳に負けてしまった……。

しかし、膝枕ならばジーク様は私に手を出すわけではない。いつも過分なくらい気をつかってもらっているので、それくらいはいいかな？　なんて考えはやっぱり甘かった。

それからというもの、ほぼ毎日『レオナ、お願いしてもいいかな？』と言われ続け、断ることができなくなってしまったのだ。

「ああ、気持ちいい……。こうしていると、嫌な気分も全て忘れられるよ」

「よ、よかったです、ね」

うっとりとした表情で下から私を見つめるジーク様は、寝ている姿も美しく、前髪が流れて額が見えているのがまた艶《あで》っぽい。それに引き換え、下から見上げる私の姿はさぞ滑稽《こっけい》に映るだろう。

今日、自分がジーク様からどういうふうに見えているのか気になった私は、鏡を重ねてこっそりと見てみた。思っていたよりも酷《ひど》かった自分の顔を思い出す。

あごは、ダメ……。あごはちょっと……。

そっと顔を背けて隠すようにあごへ手を置くと、ジーク様から不満の声があがる。

「レオナ、隠さないで。君の可愛らしい顔を見せて。寂しいよ」

ぬふぅー。可愛い？　嘘でしょう？　このあご、カバみたいって言われてもおかしくなくない？

「いや、それは、ちょっと。ジーク様の目がお疲れじゃないかと……」

「可愛いよ。柔らかそうな肌も、レオナのくりっとした瞳が俺を心配そうにのぞき込むところも可愛らしくて好きだ。だから、もっとちゃんと見せて」

差し出されたジーク様の手が、私の頬に触れるか触れないかくらいのところで止まる。彼の自分から手を出さないという約束は守られたままだ。

けれども、私の膝の上に置かれた重みは確かにジーク様のもので、その熱が膝からじわじわと体中に回り始める。ドクン、ドクンと、いつにも増して、心臓が痛いくらいに速く、熱い。

　私は心の奥のどこかで、このままジーク様の手が私の頬を触ってくれるんじゃないかという期待を抱き始めていた。

＊＊＊

「それで？　あご下のカバくんはどうやって見るの？」

「鏡を二つ持ってですね、こうやって合わせて見るんですよ、ピック先輩」

「ああ、なるほどね……って、ぎゃはは！　これはもうカバだねえ。自分では細いほうだと思ってたんだけど、この角度は結構きついかも」

　昨夜のモヤモヤとした感情を振り切るためにも、笑い話にして忘れてしまおうとした。案の定『あごの下にカバがいるんですけど』と言って見本を見せると、ピック先輩は手鏡を持ち出し自分でも確かめ始める。そしてひとしきり大笑いすると、「ちょっと見せてくるね」と言いながら研究室から出て行ってしまった。

『エルフは長生きだから、少しでも楽しそうなことを見つけたら全力で楽しむんだよー』と言うだけあって、いろんなものに興味が尽きないらしい。

　あれだけ自分の気持ちに素直に生きられるのなら幸せだろうな……。

　私は、今の自分と比べながらうらやましいという気持ちでいっぱいになる。

……うらやましい？　でも、私はジーク様との契約結婚と引き換えに、自分の望む未来を切り開くための鍵《かぎ》を手に入れたんじゃなかったの？

息苦しいだけの実家を出ることができた。住むところの心配もない。山ほどの魔法書を好きなように閲覧できて、研究に没頭できるようになった。契約終了後はお金に苦労することなく、生きていける。――完璧な夢の生活。

それなのに、なにがうらやましいの？

自分に問いかけそうになるのを、グッとこらえる。これ以上は危険だ。自分の中の余分な感情が溢れ出ないように、さっさと研究に入ろう。

机の上をあけるため手鏡を片付けようとしたところ、手が滑って一つを床に落としてしまった。

「割れなくてよかった……」

本に書類にスクロールと、紙ものが多い研究室で鏡の破片は大敵だ。ほんの少しの欠片《かけら》でも傷つけてしまう。床に落ちた手鏡の取っ手をそっと持ち上げると窓から入った日の光が反射してスクロール置きの棚を照らす。

「……あれ？　あんなスクロールって、あったかしら？」

真っ黒な外見のスクロールなど見たことがない。手鏡から手を離して近寄ろうとしたら、また見えなくなってしまった。

んん？　これって、え……光に反射しないと見えないの？

手鏡を持って、もう一度スクロールの棚へと光を当てる。そうすれば、ちゃんと黒いスクロールが現れた。場所を確認してからその場所に手を置くと、見えはしないけれども確かに触ることができた。

「これって、太陽の光で見られるのかしら？　ううん、違うわね。鏡に反射させるのか……」

日の光の下に持っていっても姿を現さなかったのを確認して呟く。どちらにしても興味深い。

　誰が置いたのかは知らないけれど、今まで見たこともなければ聞いたこともないスクロールだ。私は好奇心でいっぱいになり、その見えないスクロールを手に取ると急ぎ研究室を後にした。


「あらあら、こんなにお早く。お着替えが必要ならおっしゃってくださいね」

「ええ……あ、はい。とりあえずは大丈夫です」

　侯爵家の屋敷に戻り、できるだけ大きな鏡をお願いすると、ふっくらとした顔の侍女長がニコニコと笑顔を向けて自分よりも遥《はる》かに大きい姿見を出してきてくれた。

　侯爵家で働く人たちは皆、私に好意的で優しい。どうやら性格はいいのだが常に無愛想で感情をあらわにすることのなかったジーク様が、私との結婚を機に笑顔を見せるようになり屋敷が明るくなったというのが理由らしい。先代から長く働いている執事は、『素直なお坊ちゃまが戻られました』などと泣いて喜んでいたくらいだ。

　そういうわけなので、ジーク様が『婚約期間がなかったため、式は挙げたが一年間はそれに準ずる期間を設ける』と、夜を共にしていなくても黙って頷いてくれた。勿論、それを口外しようだなんて人もいない。

　日々、ジーク様が私を口説き回る姿を生温かく見守っているだけだった。

契約満了して離婚する日がきたら、彼らの優しさを無にするようで、さすがに心が痛むだろう。

チクリと刺すような罪悪感を振り切ると、早速部屋の床にスクロールを広げる。姿見を調節して日の光を、スクロールを広げた場所に反射させた。

「うわぁ……すごい！　魔方陣が浮き出……え、え？」

広げたスクロールの内側から光輝くように浮かんだ魔方陣には驚かされた。

一度しか見たことがない魔方陣だが、浮かび上がったものには覚えがある。間違いない。これは私たちが〝魔力合わせ〟をしたときに発動したあの魔方陣と同じものだ。

……あ、でも少し違う。どうなんだろう、まだ完成していない？　途中なのかな？

指でなぞるように術式を確かめていく。単なる式の合成だけでなく、全然関係のない式から、トラップのような式まで、まるでおもちゃ箱のようなその魔方陣は、作った人物の性格が表れている。

めちゃくちゃな寄せ集めだね、これ。

初見では絶対に解読できないという意味では、あの〝全力愛〟みたいなむちゃくちゃな魔方陣にはぴったりかもしれない。

「でも……このスクロールがあれば、私にも同じ魔方陣が作れるかもしれない……」

ふと呟いたとき、私の頭に浮かんだのは、オランティア侯爵家の〝誓約の間〟にある魔方陣とまったく同じものを作り、もう一度ジーク様と〝魔力合わせ〟をすることだった。

「え、えっ⁉　ち、違う違う！　そうじゃなくって……」

頭をブルブル振り回し、声を張り上げながら慌てて否定する。誰も私の言葉を聞いていないし、頭の中だって見られているわけでもないのに、恥ずかしくて顔が真《ま》っ赤《か》になるのがわかる。

もう一度〝魔力合わせ〟がしたいだなんて……。

わかっていた。そんな考えが頭に浮かんだ理由なんて一つしかない。

ジーク様から愛の言葉を聞かせてもらいたい。残り三ヶ月で終わりになるなんて嫌だ。私の代わりに他《ほか》の人がジーク様の隣に並ぶのも、嫌――。

「私、ジーク様のことが好きになっていたんだ……」

口に出してしまえば、おかしなくらいすっきりとしてしまう。このところの落ち着かない気分のもとはコレだったのだと。

でも、認めてしまったからといって、何になるのだろう？

ジーク様は契約前に『絶対に俺にほだされるな。勘違いするな。好きになるな』と言った。

私が絶対にその約束を守ると信じたから契約したというのに……。

私はスクロールを丸めてベッドの下に無造作に置く。最初に見つけたときの興奮はとっくに収まっていた。むしろ、こんなものを見つけさえしなければジーク様との約束を破るようなことを考えなかったのにと、自分の浅ましさに胸が痛んだ。

その夜、帰宅したジーク様が沈む私を気にかけ声をかけてくれた。

「今日は研究所を早退したそうだな。具合でも悪いのか？」

「あ……。いいえ、具合が悪いわけではないのですが……」

バカみたいに意気込んで、ピック先輩にメモだけ残して帰ってきたことを思い出す。

その結果が、自分のずうずうしさを突きつけられただけだということに気がつき、また胸に重しがのったような気持ちになる。

もしも私が、ジーク様のことを好きになってしまったと告げたら、あなたは私のことをどう思いますか？

絶対に聞いてはいけないとわかっている言葉が頭の中を巡ってしまう。

そんな私の様子を見て、ジーク様が私の座るソファーの横に腰を下ろした。

「レオナ、君の手を触ってもいいだろうか？」

「……ええ。ど、どうぞ」

珍しくジーク様から私に触れていいかどうか尋ねられた。絶対に手を出さないという契約通り、彼は夜会でのエスコート以外では、自分から進んで接触はしてこない。例外は膝枕くらいなものだった。それだって、肌と肌の接触はない。

ジーク様の長い指が、私の両の手のひらを優しく持ち上げる。まるで宝物を触るみたいにそっと包み込まれると、その触れている場所からじわりと熱が伝わってきた。決して熱すぎず、そして柔らかい熱だ。ただ肌が触れ合うだけではない、体中に回る優しい温かさ。

「あの……これ魔力、ですか？」

「勝手にしてごめん。……あんまりにも気分が悪そうだったから。でも、少しは落ち着くだろう？」

「……こんなこと、できるんですね」

他人に魔力を与えられるなんて初めて知った。しかも呪文を唱えるわけでもなく、魔法道具を使用したわけでもないのに、そんなに簡単にできることなの？

「ああ。結婚式で〝魔力合わせ〟をするとお互い、そしてその子どもにまでは魔力を与えられるようになるそうだ。最近はあまり知られていないのか、与え合う貴族の夫婦も少ないらしいけどね」

そんなことが……。だから、〝魔力合わせ〟が結婚式での古くからの慣例になっているんだ。

魔力は貴族にとっては力の象徴であり、資産も同じだ。私の父母はお世辞にも仲のいい夫婦とは呼べなかったから、たとえこのことを知っていたとしても互いに魔力を与え合うようなことはしなかっただろう。そしてそれは彼らに愛されている実感もなかった私自身にもいえることだった。

だからこそ、ジーク様に与えられた魔力が温かかった。

こんなの、まるでジーク様に守られているような気持ちになってしまう……。

嬉しいのに、なぜか切なくなって、急に涙がポロリと落ちた。それを見たジーク様は慌てて手を離そうとしたけれど、離れてほしくないと感じて私からぎゅっと握り返した。

少し驚いたような顔のジーク様に、やってしまった……と思い一気に顔が赤くなる。

そんな私に向かって、フッと息を吐きながら見せてくれた顔は、なぜか初めて〝契約結婚〟を提案してきたときのような笑顔だった。

そうしてジーク様に魔力を流してもらっているうちに、だんだんと不安定な気持ちも落ち着いてきた。しばらくすると、それがジーク様にも伝わったのか、ただ指を撫《な》でるような仕草に変わっていく。

私は、彼のするままに穏やかな時間に身をまかせていた。

「昔……子どものころに泣くと、よくこうして手を握ってもらっていた」

何かを懐かしむようなジーク様の声に顔を上げる。

「ご両親に、ですか？」

「そう。俺はとても臆病《おくびょう》な子どもだったから。いつも、泣いては父と母に心配をかけていた」

「……信じられません。ジーク様は、すごくしっかりしていて、いつも私のことを気にかけてくれていて。そんな……」

ジーク様の昔話にちょっとだけ驚いた。

「そうだな。もしかしたら、泣いていれば父や母がそばに来てくれて、こうして手を握り魔力を流してくれるとわかっていたから好きなだけ泣いていたのかもしれない……。でも、それも永遠に続くわけではなかった」

両親のことを思い出しているのだろうか、青く澄んだ瞳が遠くを見るように動く。ジーク様のためにいつも魔力を分け与えてくれていたのだから、とても優しい方々だったに違いない。

ジーク様の父母、前オランティア侯爵夫妻は彼がまだ少年のころに事故で亡くなったと聞いた。そのために爵位を早く継げるように、大変な努力もしたのだと、いつだったか執事さんがぽつりと漏らしていた。

随分と寂しい思いもしたのだろう。私は、そんな彼に寄り添ってあげたいと強く思ってしまう。その気持ちが顔に出ていたのか、ジーク様は苦笑いをしながら話を続けた。

「早くに父母が亡くなると、いろんな輩《やから》がたかってくるようになった。特に多かったのが次期侯爵夫人を狙《ねら》う女性で……まあ、これは大きな声で言うことでもないな」

眉をひそめごまかすことも諦《あきら》めた表情が、詳しく話を聞かなくてもジーク様の苦悩を物語っている。だからこそ〝氷塊の貴公子〟と呼ばれるほどに自分自身を硬い氷で守らなければいられなかったのだろう。そして、契約結婚だなんてことを考えて実行に移したのだ。

それだけ身近な人以外、特に女性に失望している……。

だから、やっぱり私の気持ちを伝えることなんてしちゃダメなんだ。本当に、ダメ――。

「だから、レオナが花嫁になってくれてよかった」

「……え？」

「いつも明るく、使用人の皆とも仲良くしてくれるレオナがとても眩《まぶ》しくて、俺は屋敷の中で君を見かけるたびに幸せな気分になるんだ。俺と結婚してくれてありがとう、レオナ」

そう言って笑いかけてくれるジーク様のほうこそ私にとっては眩しすぎる。たとえ魔方陣の効力とはいえ、私と結婚してよかったと言われたことが嬉しくてたまらない。

その言葉を聞けただけでも幸せだ。私こそありがとうございます。そう言いたいのをぐっと我慢して私は部屋へと戻った。そしてベッドの下に放り込んだスクロールを探して手に取る。

昼間でなければ見ることができないから、時間がかかるかもしれないけれど……。

私は、自分のやるべきことをしようと心に決めて、魔方陣のスクロールを握りしめた。

＊＊＊

それから私は研究室に顔を出す時間も惜しくなり、自室であのスクロールに描かれた魔方陣を調べ上げるのに費やした。詳しく調べるのならば日の光は必要だし、まるで隠すように置いてあったスクロールをピック先輩の前で広げるのにも抵抗があったからだ。

幸いというべきか、ちょうどジーク様も宮殿での仕事——主に陛下の補佐ということだ——が忙しい時期と重なっていて、私が外に出るよりも侯爵家にいるほうが安心だと言っていた。

ジーク様への恋心を自覚した私としても、残り短い時間をできるだけジーク様のそばにいたいと考えていた。しかし研究室に通うのを止《や》めるということは、魔法士になるための試験を受ける資格をなくすということだ。ただ、それでも私はこのスクロールを調べることを止めたくなかった。たとえ資格がなくなったとしても、私は自分の意志でジーク様にかけられた魔方陣を再現したかったのだ。

そうして研究を始めてふた月が経ち、契約結婚の期間が残りひと月となったある日、私の研究が完成した。

私は、新しい魔方陣のスクロールを手に、ジーク様の前に立った。

「なんだい、レオナ。あらたまって」

いつも通りの優しい笑顔を向けながら、ジーク様は私にソファーへと座るようにうながす。でも私はそれを断り、新たに作り上げた魔方陣のスクロールをぎゅっと握る。

「ごめんなさい、ジーク様……私、あなたのことを好きになってしまいました」

そして吸い込んだ息を、一気に吐き出すように告白をした。

生まれて初めての告白は、契約違反という大罪だ。こんな告白をしたことがある人は他にいないだろうなと思うと、なんだか少しおかしくなってしまう。

悲壮感よりも、明るく。たとえ魔方陣の効果のせいであっても、ジーク様が好きだと言ってくれた私らしく最後を飾りたい。そう思って、口の端を無理やり上げて笑ってみせた。

ちょっと悪役みたいな顔だけれども仕方ない。それくらいは許してください。

「だから、これを受け取ってください。……あの、〝誓約の間〟にあった魔方陣の基になったもので作りました。……ジーク様にかけられた〝魔力合わせをした人を全力で愛するようになる〟効果を打ち消す魔方陣です」

それだけひと息にまくしたてると、その勢いのままスクロールをジーク様へと押し付けた。

「は……？　いや、ちょっと待ってくれ、レオナ……」

「いいえ、別に待つ必要はありません。それを使えば、ジーク様は間違いなく元に戻ります」

「元に、戻るって……？」

「……無理に私のことを愛さなくてもよくなるんです。だから、早く使ってください！」

最後のほうはもう懇願するように声を荒げてしまった。私の気持ちを伝えてしまったからには、早く元に戻って、そして私のことを愛してるだなんて言わないでほしい。

ジーク様の顔を見るのが辛《つら》くて、下を向いたまま言葉を待った。

契約違反だと言われても大丈夫。もう覚悟はできている。

でもそうすると侯爵家から出なければならないかー……。まあ残りひと月くらいなら研究室に泊まり込んでもいいかな。二ヶ月無断欠勤で、閉め出されていなければの話だけど。

そんなことを考えていると、はあー、と長い長い溜息が私の耳に飛び込んできた。

「何をやっていたのかと思ったら……」

額に手を置いて考え込み首を振るジーク様の姿を初めて見た。そんなレアな様子に見惚《みほ》れていると、突然背筋がひやりとするほどの冷たい声を向けられた。

「君はいったい、俺との契約をなんだと思っているんだ？」

「え、あの……いえ。だから、ジーク様が結婚したという実績を残すための、一年間限定の〝契約結婚〟……ですよね？」

「そうだ。そして、その見返りとして、君には自分がやりたいことをするためのサポートと離婚後の資金を約束した。そうだろう？」

確かに後から交わした契約書にはそう書いてあり、署名した。コクコクと頷いて同意すると、ジーク様は私から押し付けられたスクロールをテーブルに叩きつけた。

「その結果がこれか？　これが、君のしたかったことなのか？」

〝魔力合わせ〟で生じた、私を愛するようになる効能を打ち消してしまう魔方陣の完成。それが本当に私のやりたいことだったのかを問うジーク様の視線が、痛いくらいに真剣で、私はなんと言っていいのか言葉に詰まった。

そんなわけない。だって私は、ジーク様のことを好きになってしまったのだから。

もっと一緒にいたい。愛してるって言ってもらいたい。その手で、触れてもらいたい……。

でもそれは、魔方陣のせいで偽物の愛情を植え付けられているジーク様にとっては、酷なことだと知っている。

だから……だから、嫌だったけど、すごくすごく嫌だったけれど、この魔方陣を作ったのだ。

「……だって」

「は？」

「だって、ジ、ジーク様が……、惚《ほ》れるなって……好きに、なるな……って、言った、言ったじゃなないですか……っ、ぐ……ひっく……」

抑えつけていた感情が、一言口にしただけでもう後から後から噴き出してくる。取り繕えなくなった言葉と一緒にぽろぽろと落ちる涙が止められなくて、情けなくて、さらに泣けてくる。

気がつけばいつのまにかジーク様が私の横に立っていた。途中まで上げた手を、どうしようかと迷うジーク様を見て、私はたまらず言ってしまった。

「ジーク様が、好き……好き、なんです……うっ、うえーん……」

「レオナ……」

大泣きして立ちつくす私の名前を呼びながら、ジーク様はその腕で優しく私を抱きしめてくれた。

ひとしきり泣いた私は、もうこれ以上涙が出ないというところになってようやく自分が何をしたのか気がついた。

ど、どうしようか、顔を上げられない……。

実際、泣きすぎて目はパンパンに腫れ上がり熱を持っているのがわかる。流した涙の跡と鼻水で、顔はもうぐちゃぐちゃだ。

そんな私のためにジーク様は気を利かせて、侍女長に蒸しタオルを持ってきてもらうよう頼んだ。それを私の顔にあてると、ジーク様はそのまま私をソファーへと座らせた。蒸しタオルの温かさにほっとしたのもつかの間、隣に座った彼から「レオナ」と呼ぶ声にドキリとさせられる。

正直恥ずかしすぎて答えられない。無理。このまま蒸しタオルに包まれて遠くへ行きたい。

そんなことを考えていると、普段のはっきりとしたもの言いではなく、戸惑いを含んだジーク様の声が聞こえた。

「レオナには悪いことをした……」

え……ジーク様が謝るようなことは、何も……。

「君は自分というものを持っていて、とても強い人だから甘えてしまったんだ。君を好きだと溢れ出る思いに素直になりすぎてしまい、つい声をかけたくなった。追いかけてしまった。そして愛していると告げたくて仕方がなかった」

「でもそれは……魔方陣のせいだから……」

ジーク様の言葉に思わずタオルをずらして答えると、少し申し訳なさそうな、それでいて照れているような彼と目が合った。妙に可愛らしいその表情に一瞬クラッとしたが、余計に自分の顔の酷さが気になり、慌ててタオルでもう一度顔を隠す。

「我慢できなければ近寄らなければよかっただけだ。それをしなかったのは、やはり自分の甘さだよ」

そう言うとジーク様は、私の耳元でそっと囁く。

「ねえ、そろそろ顔を見せてくれないか？」

「っ、ダメです！　その、すごく変な顔になってます。見せられません……」

「可愛いよ。レオナはどんな顔をしていても、可愛い。だから、ちゃんと見せて」

ジーク様の甘い声に勝てるわけがない。惚れた弱みはそれだけで不戦敗だ。そっと蒸しタオルを外して彼の顔をちらりとうかがえば、喜びに溢れた笑顔を見せてくる。

「ほら、可愛い」

その言葉に胸が打ち抜かれた。

「ねえ、レオナ。君は契約違反だと言うけれど、俺はこうして君を愛することができることが本当に幸せだと思っている。だから、せめて契約が切れるまではこのまま君と一緒にいたい」

どうかな？　首をコテンと傾けてねだるジーク様は本当にずるいと思う。

でも、ジーク様がそう言ってくれるのならそれでいいのかもしれない。

残りひと月の時間を、大好きな人と過ごす。二度と来ることはないだろう日々を、幸せな気持ちで過ごせるのなら……。

私はジーク様の目を見て頷いた。その冷たいくらい青い瞳が、温かく輝くのを見て、この決断は間違っていないと感じた。

そうして私は最後の一日になるまでジーク様との生活を楽しむことにした。

＊＊＊

それまで契約で決められた夜会以外にはほとんど一緒に出かけなかった私たちだけれども、あの日を境にどんどん外出を重ねた。一緒にしてみたいことをリストアップして話し合いをしたのだ。

植物園に行ったときには、私が「可愛い」とか「素敵」と言った花を全て大きな花束にしてプレゼントしてくれた。おかげで屋敷内が花だらけになり、新たに花瓶を買い足すことになったようだ。

ジーク様は意外にも演劇がお好みだったらしく、いくつかの劇を勧められた。

「感情移入しやすいから他人とは一緒に観たいとは思わなかったんだけれど」と言われて観に行った劇が悲劇で、私のほうが泣きまくってハンカチを離せなかった。

そんなふうに話して、笑って、ときには泣いて。それでも決して触れ合うことなく、とうとう〝契約結婚〟の最終日がやってきた。

私たちは最後の日をオランティア侯爵家で過ごそうと、予定を入れることなくただ二人でソファーに座り話をしていた。侍女長に淹《い》れてもらった紅茶はとっくに冷めてしまっていたけれど、それでも尽きることのない、たわいない話に花を咲かせていた。

あと少しで〝魔力合わせ〟をした正午になる。焦る気持ちを追い立てるように言葉だけが流れていく。そんな私を止めようと思ったのか、ジーク様が私の手をぎゅっと握った。

「レオナ……」

名前を呼ばれたそのとき、ノックと共にけたたましいほどに元気なピック先輩の声が届いた。

「やっほー！　ねえねえ、レオナちゃん。ずっと研究室に来てないけど元気してた？」

「ピ、ピック先輩？　どうしてここに？」

追いかける執事をよそに、先輩は勝手に扉を開けて入室してくる。私は驚きながらも、何も言わずに出勤しなくなっていたことと、あの魔方陣のスクロールを勝手に持ち出してしまっていたことに気がつき申し訳なくなった。

「いやね、魔法士の資格試験の話もしたかったから、押しかけちゃったんだけどぉ……もしかしてお邪魔虫？」

ピック先輩に向けるジーク様の瞳に、ひゅんっとなった。……これは初めて見る。ちょっと怖い。

しかしその目を向けられている当の本人はあっけらかんとしたもので、何ごともないような顔をして話を続ける。

「受ける気ある？　資格試験」

「気持ちは……ありますけど。随分と休んでしまいましたから……」

握ったままのジーク様の手に力が入る。私が研究室に行かなくなった理由を知っている彼は、多分責任を感じているのだろう。でもこれは自分自身で考えて決めたことだ。だから受けられなくても仕方がない。そう考えていたのだが……。

「ぶっちゃけね、研究室に毎日通わなくても、籍があって実績さえあれば問題ないのね。要は、私の推薦次第だからねえ」

「……そうなんですか？」

「そうそう。だからさ、なんか研究したものがあれば見せてよ。それで決めてあげる」

そんなことを言われても、何一つ……。

「レオナ、あれを持ってくればいい」

「あれって……あ……！」

たった一つ、私が研究して作り上げたものといえば、侯爵家の魔方陣の効果を打ち消すスクロールだ。感情を操れることのできる古い魔方陣を解明して、それを解除したという研究はそれなりの成果だと思う。

けれどもあれを提出するということは、オランティア侯爵家代々に受け継がれる魔方陣を無効にするということに他ならない。

「でもあれは、門外不出の……」

「いいから。あんなものがあるから、君にも迷惑をかけたんだ。もういいよ。あれを見せてあげて」

嘘偽りのないジーク様の言葉に頷いて、研究室にあったスクロールと共に自分で作った解除用のスクロールを並べて置いた。研究室のものはそのままでは見えないだろうと鏡を手に光を当てようとしたそのとき、ピック先輩が笑いながら透明なままのスクロールを手に取った。

え、なんで？　……ピック先輩、これが見えているの？

「ひゃあー、懐かしい！　とっくになくなっちゃったと思ってたよ。こんな古いの、どこにあったの？　って、あ、そうか。初代オランティア侯爵に頼まれて作ったんだっけ、これ」

……え、ええええー!?

何代前だったっけー？　と呟きながら確認するように指折り数えるピック先輩。

「な、え……？　ピック先輩、ど、どういうことですかっ!?　てか、先輩いくつなんですか？」

「やだなあ、レオナちゃん。女性の年齢は聞いちゃダメだよ」

びっくりしすぎて声がひっくり返る。ジーク様にいたっては、驚きすぎて声も出せずに、先輩とスクロールを見比べている。

「どういうことって？　初代侯爵に頭がっつり下げてお願いされたんだよね。『自分は不器用すぎて思ったことが口に出せないから、結婚相手には素直になれる魔方陣を作ってもらえないか』って」

はぁあああっ!?

「あ……、いえ。それは人を好きになる魔方陣なんじゃないんですか？」

「まさかー。さすがに魅了魔法なんて怖くて作れないよ。でもまあ、感情に関わるものだから、一年だけって期限付きでね。そうか、これを改良したのかー」

「え……ええ、まあ、その……そんなようなものです……」

え、待って。ちょ……え？　それは……だったら……あの山のような愛の告白は……。

言葉に詰まる私たちに何かを感じ取ったピック先輩は、「んじゃ、チェックしとくね」と言うと、さっさと部屋から出て行ってしまった。残された私たちは二人、身動きもできずにただただ黙って座っていた。

自分の心臓の音だけがバクバクと響いている。隣に座るジーク様の顔が見られない。でも、どんな表情をしているのか想像できる。きっと、それは私も同じだから――。

「あの、ジーク様……。なんだか、話が間違って伝わって……いたようで」

「ああ。そのようだな……。俺は、ずっとそう聞かされて育ってきていたから……いや、違うな。俺はそう思いたかったのかもしれない」

「え……？」

「陛下から必ず結婚しろと言われ渡された、山のような釣書の中からレオナを見つけたんだ。最初は魔法学院での見事な成績に惹《ひ》かれただけのはずだった。これほどの努力と研鑽《けんさん》を重ねた女性ならば、俺の事情もくみ取ってくれるだろうと。そして君と実際に会ってみれば、釣書にあった似顔絵とは比べものにならないほど自立し、人には流されない強い瞳に、気がつけばもう目が離せなくなっていた。レオナならいい、レオナがいい。そう思ったときにはきっと、もう恋に落ちていたんだな」

「ジーク様……？」

「〝魔力合わせ〟をして、魔方陣の効力が体に染み込んできた瞬間、これで君に愛を存分に伝えられると歓喜に震えたよ。……レオナ」

正午の鐘が鳴り始めた。魔方陣の効力の解けるそのとき、ジーク様の瞳の中に映る私はとても幸せそうに笑っている。

「愛してる」

「え……あ……本当、に？」

「ああ、レオナ。君に好きだと告白されたとき、どんなに言いたかったかわかるかい？　魔方陣の力じゃなく、本当に君を愛していることを……。でも、あのときではまだ君はきっと信じてはくれなかっただろう？」

　確かに魔方陣が効いていると思っている間は、何を言われても信じきれなかったと思う。でも今は違う。見つめ合うその瞳が、彼の淡く染まる頬が、私を好きだと告げてくれている。

「君に触れても？」

　言葉の代わりにコクコクと頷くと、ジーク様の手のひらが私の頬を優しく覆う。そして、唇を触れ合わせるだけの口づけをした。

　初めての口づけに胸がいっぱいで顔が真っ赤になってしまった。そんな私を「可愛いよ」と笑うジーク様。

「もう……。ちゃんと解けたんですよね」

「これからは、自分の気持ちそのままを言葉にすると約束する。だからレオナ、もう一度俺とあらためて結婚を誓ってくれないか？」

　ジーク様の言葉に、私も素直になる。

「いいですよ。でも、〝警告〟は、ナシですからね」

「勿論。〝君を全力で愛する〟と約束しよう」

　その言葉に私たちは笑いながら両手を握り合い魔力を流す。

　そして二人幸せを誓い合った。

婚約破棄されたスナギツネ令嬢、実は呪いで醜くなっていただけでした

宮《みや》之《の》みやこ

ill. 由《ゆ》貴《き》海《かい》里《り》

細すぎる一重の目に、三白眼。あまりの目つきの悪さに、リュシエルにつけられたあだ名は『スナギツネ令嬢』だった。

リュシエルは花も恥じらう十七歳だというのに、ひどい呼び名だ。

「はあ……」

鏡の中の自分を覗《のぞ》き込んで、リュシエルが大きくため息をつく。

「なんで私だけ、こんな顔なのかしら……」

言いながら頬《ほお》を触ると、必要以上に「ぷにっ」とした感触がして、リュシエルはさらにため息をついた。

「頑張ってお手入れしているけれど、下ぶくれも直りそうにないわ……」

毎日小顔に効くと噂《うわさ》の器具でせっせとマッサージをしても、これまた小顔に効くと噂の顔面体操をしても、リュシエルの下ぶくれにはまったく効果がない。さらにお肌も、大陸の名のある魔女が美肌魔法をかけて作ったという高価な香油を使っているにもかかわらず、若い令嬢らしいハリはなく、どこかくすんでさえいた。

「おねえさま、またためいきついてるの？」

鈴を転がしたような可愛《かわい》らしい声の持ち主は、リュシエルの年の離れた妹アンジェラだ。

お日様の光を集めたような金髪に、緑色の瞳《ひとみ》はこぼれそうなほど大きく、それでいて鼻や唇はこぢんまりと小さく愛らしい。卵形の小さな顔はうっとりするほど綺麗《きれい》なラインを描いており、その肌は輝くように艶《つや》やかで……つまり一言で表すなら、ものすごい美少女だ。

七歳の今ですらこれなら、将来は間違いなく、匂い立つような美女に育つだろう。

「そうね……。ため息は幸せが逃げるって言うし、よくないわね。気をつけるわ」

対するリュシエルは、〝スナギツネ〟とあだ名をつけられてしまうほどの細い目と三白眼だけでなく、ギリギリ金色と言えなくもないくすんだ黄と灰がところどころ交じった髪色。さらには下ぶくれの顔に、肌までお粗末という、残念極まりない容姿をしていた。努力の甲斐《かい》あって体だけは引き締まっていたが、膨らむべきところが膨らまなかったせいで、そちらもやはりなんとも残念な感じになっている。

「やぁ、お嬢様方の準備はできたのかな？」

コンコン、とドアをノックして顔を覗かせたのは、今年二十二になる兄のエドガー。こちらもまた、説明するのがめんどくさくなるほどの美男子だった。

（というより、我が家は私以外が全員美形なのよね……）

――リュシエルの生まれたベクレル侯爵家は、その家柄や財力もさることながら、恐ろしいほどの美形揃《ぞろ》いと評判の一族だった。

だがその一族の中で、唯一美形どころか、人並みの外見にすら恵まれなかった人物がいる。

リュシエルだ。

母親いわく、赤ん坊の頃《ころ》は可愛かったらしいのだが、成長するにつれ家族との差は歴然となった。

リュシエルは周囲から「華麗なる一族の汚点」と笑われ、挙げ句の果てに『スナギツネ令嬢』なんてあだ名をつけられてしまったのだ。

「スナギツネは愛嬌《あいきょう》があって可愛いじゃないか！」

と兄は言ってくれたが、リュシエルにとっては何の慰めにもならなかった。

そのあだ名をつけたのがこの国の王太子であり、リュシエルの婚約者でもあるハージェス王子だったことも大きい。王太子公認の不名誉なあだ名は、瞬く間に社交界へと広がってしまったのだ。

「わたしはじゅんびできました！　おねえさまは？」

「私も大丈夫よ」

「なら、行こうか。王太子殿下もお待ちだ」

麗しく微笑《ほほえ》んだ兄とは対照的に、リュシエルは小さくため息をついた。

今日《きょう》はベクレル家主催のティーパーティーなのだが、そこにはもちろん、ハージェスも招待されている。婚約者なので当然と言えば当然なのだが、リュシエルにとってはありがたくない時間となるのが目に見えていた。

◆

「おや、こんなところに可愛いスナギツネが紛れ込んでいるね？」

予想通り、リュシエルが姿を現した途端ハージェスはすぐさまからかった。その言葉が合図だったかのように、彼に追従する若い貴族たちがくすくすと嫌な笑みを漏らす。

「……ごきげんよう、ハージェス王子殿下」

苛立《いらだ》ちをグッと堪《こら》えて無理に笑顔を作れば、「おや？　目はどこに行ってしまったのかな？　細すぎて見えないね」などとさらに追い討ちをかけてくる。

しかも彼のタチの悪いところは、兄のエドガーや両親が見ていないところでこういうことを言ってくる点だ。そういう狡猾《こうかつ》さもまたリュシエルを苛立たせていた。

黙っていれば見た目はいいのに、性格は本当に最低ね、と心の中で毒づく。

「ねぇおねえさま、スナギツネってなあに？」

「高原に住む、とっても可愛い狐《きつね》さんのことよ」

「そうさ。可愛すぎて図鑑で見た時は、すぐにリュシエルのことを思い出してしまったくらいだ」

ハージェスがそう言うと、周りがどっと笑った。リュシエルは心底うんざりしつつ、アンジェラの手を握る。

「ハージェス殿下、妹に何か食べさせてきますわ。また後でお会いしましょう」

「ああ、そうだな。私も君に話がある。また後で会おうじゃないか」

できれば二度と会いたくない。

けれど悲しいことに、あれがリュシエルの婚約者であり、将来の夫なのだ。

ぐっと本音を呑《の》み込みながら、リュシエルはアンジェラを連れてその場を離れた。幼い妹には、できるだけハージェスとその取り巻きには近寄らせたくなかった。

アンジェラを気遣いながらその場から離れると、リュシエルたちを探していたかのように、ひとりの人物が足早に近づいてくる。その人物の顔を見て、リュシエルはホッと安堵《あんど》の息をついた。

「リュシー、大丈夫か？　また兄に何か言われていただろう」

しかめ面でリュシエルのことを愛称で呼んだのは、ハージェスの弟であり、第二王子であるクロードだった。

今年十八になる兄王子のハージェスは王譲りの金髪をしており、どこか軟派な雰囲気が漂う。対して今年十六になる弟王子のクロードは王妃譲りの黒髪で、その目元はともすれば冷たいとも勘違いされがちな、硬質な美貌《びぼう》を持った王子だ。

「お気遣いありがとうございます。でも大丈夫ですわ。もう慣れてしまいましたから」

いつものことなので、という言葉を呑み込んで答えると、「まったく、兄上は……！」とクロードが小さくぼやく。

ハージェスとクロード、そして兄のエドガーとリュシエルの四人は幼なじみだった。

リュシエルたちの父、ベクレル侯爵が王の側近であるため、幼い頃より交流を持たされていたのだ。

やがて皆が成長して大きくなり、兄のエドガーはハージェスの側近に、リュシエルはハージェスの婚約者に収まったのだが……。

「兄は昔から軽薄なところがあったが、最近は特にひどい。今日はもう私から離れない方がいい」

「ありがとうございます、クロード様」

リュシエルは嬉《うれ》しくなって微笑んだ。

『あんな見た目なのに、家柄だけで王太子の婚約者になった』と噂され、リュシエルにとって風当たりの強いこの社交界の中で、唯一クロード王子だけはいつも味方だった。彼は決してリュシエルの外見をからかわなかったし、リュシエルの悪口を言うものがいれば、たとえそれが実の兄でも毅然《きぜん》と注意してくれた。そのせいで近年ハージェスとクロードの関係がやや拗《こじ》れ始めてしまっており、リュシエルは罪悪感を感じていたが、それでも嬉しかった。

彼以外に、ハージェスに注意できる貴族がいないからだ。

（ああ……クロード様が婚約者だったら、どんなに良かったことか）

アンジェラの遊び相手になってくれているクロードを見ながら、ついそんなことを考えてしまう。クロードはその見た目だけでなく、中身まで清廉潔白だった。以前、ハージェスにひどくからかわれて落ち込んだリュシエルが「でもクロード様もやはり美しい女性がいいんでしょう」とひねくれて聞いた時にも、こう答えていた。

「外見の美しさはもちろん美点だと思うが、それがすべてではない。私は外見が美しいだけの女性より、心が美しい女性の方がいいと思っている」

と。

その言葉は、たとえ慰めるための嘘《うそ》だったとしても、リュシエルの心の支えになった。

リュシエルが今折れずに立っていられるのは、すべてクロードのおかげと言っても過言ではない。

時間が経《た》つにつれ、彼に対する気持ちが恋へと変わっても、何も不思議なことではなかった。

けれど残念なことにリュシエルはハージェスと婚約済みであり、クロードもまた他《ほか》の令嬢と婚約しているため、ふたりの結婚は不可能だった。それでも、彼への思いは止められなかった。

（せめて、クロード様に誇ってもらえるよう、心は美しくありたい）

腐ってもリュシエルは侯爵家の長女であり、王太子の婚約者であり、将来の王妃なのだ。夫となる予定のハージェスとの仲は期待できそうにないし期待したくもないが、王国民に対して心根で恥じない王妃であるために、リュシエルは猛勉強した。一般的な貴族女性の教養はもちろん、帝王学から始まって、経済、歴史、地理、算術に加え、近隣諸国の言語も一通りたたき込んである。さらに慈善活動にも精を出し、国のあちこちの孤児院に寄付や慰問をしていた。そのため、国民人気は悪くないどころか良い方なのだ。ハージェスはそれを「ご機嫌取りご苦労様」と笑っていたが、クロードが褒めてくれたので、リュシエルは気にしないことにしている。

「ああ、いたいた！　リュシー、大変なの。ハージェス殿下が……」

リュシエルが密《ひそ》かにクロードに見とれていると、リュシエルを外見で判断しない数少ない令嬢友達が駆け寄ってくる。ハージェスという名前に反応したクロードも、令嬢の方を見た。

「どうしたの？」

「兄が何か？」

「それが……」

令嬢は言いづらそうに口をモゴモゴとさせながら、そっとある方向を指さした。その方向を見て、リュシエルだけでなく、クロードまでがハッと息を呑む。

そこにいたのはハージェスと、鮮やかな赤髪を結い上げた美しい女性だった。ふたりは親密そうに寄り添っており、女性の手はハージェスの腕に、ハージェスの手は女性の腰に回されている。

「モルガナ……？」

クロードが呆然《ぼうぜん》としたように呟《つぶや》いた。

（まさか……モルガナ様なの？）

信じられない思いで、リュシエルも仲睦《なかむつ》まじげに寄り添うふたりを見た。

――モルガナ・フラヴィニー嬢。彼女は、リュシエルの生家であるベクレル侯爵家に匹敵する侯爵家の一人娘で、何を隠そう、クロードの婚約者だ。

艶《あで》やかな雰囲気を持つ美貌の女性で、そんな彼女にクロードはまめまめしく尽くしていた。いつも贈り物を欠かさず、夜会ではリュシエルを放置するハージェスと違ってきっちりとエスコートし、はたから見てもモルガナを愛し、大事にしているのがよく伝わってくる。

モルガナ本人はと言えば、クロードの態度にいつも満足そうにし、リュシエルを見るとあからさまに見下した目をしてきていた。だが、そもそもフラヴィニー侯爵家が一方的にベクレル侯爵家を敵視しているのを知っているため、リュシエルはなるべく気にしないようにしてきた。

だというのに……。

（そのモルガナ様が、なぜハージェス殿下と……？）

困惑するリュシエルの前に、やってきたふたりが立ち止まった。周りにいる人たちも何事かとこちらに注目している。

「やあリュシエル、クロード。我が麗しの君が到着したから、紹介しようと思ってね。それに、君たちに話があるんだ」

「我が麗しの君……？」

　ハージェスはこの上なく上機嫌だった。その隣で腕を絡めて立っているモルガナも。

「そう。私たちは、真実の愛に目覚めたんだ。だから醜い君とは婚約破棄させてもらう！　王妃が醜いだなんて、それだけで十分罪だろう？　……それから我が愚弟、クロードもな」

　まったく予期していなかった言葉に、リュシエルは絶句した。

（この人は……何を言っているの？）

「……国王陛下には、許可をとっているのか？」

　リュシエルが何も言えなくなっている隣で、クロードが様子を窺《うかが》うように聞く。

「いや、これからさ。真っ向から行くと聞いてもらえないだろうからね。だが既成事実を作ってしまえば、父も認めざるを得なくなるだろう。……何せ彼女のお腹《なか》の中には子供がいる。そう、次代の国王となる子供が」

　子供という単語に、一瞬でその場は騒然となった。少し離れたところで、兄のエドガーが憤怒《ふんぬ》の表情をしているのが見える。リュシエルの隣から、はあ、と盛大なため息が聞こえた。おそらくクロードだろう。リュシエルは何も言えず、ただ口をパクパクとさせていた。

（この人……この人たちって……！）

　そんなリュシエルの反応に、モルガナが満足そうにお腹を撫《な》でてみせる。

「あなたたち……！」

（本当に頭がおかしいんじゃないのかしら!?）

うっかり口に出してしまいそうになって、リュシエルはあわてて手で口を押さえた。

（婚約者であるベクレル侯爵家主催のパーティーで主催者の顔に泥を塗るようなことをして！　その上国王様の許可もなく！　挙げ句の果てには自ら不実まで暴露するなんて……信じられない！）

怒りよりも、呆《あき》れてものが言えなかった。いくらリュシエルが不器量だからと言って、仮にもハージェスはこの国を背負っていく王太子であり、モルガナも立派な侯爵家の娘なのだ。

あまりにも責任と義務を無視したふたりの行いに、リュシエルは心底失望していた。

（こんな……こんな人に国を任せたら、ヴァランタン王国が潰《つぶ》れてしまうわ……）

将来のことを考えると、気が遠くなる。実際に足元がふらついてしまい、そばにいたクロードがあわてて支えてくれなかったら、この場で倒れていたかもしれない。

「……アンジェラを、アンジェラをお兄様に……」

天使のようなあの子にこんな汚いやりとりは見せられない。リュシエルが息も絶え絶えに言うと、いつの間にか近くに来ていたエドガーが即座にアンジェラを連れて行った。その顔は憤怒で真《ま》っ赤《か》に染まっていた。

「君たちの反対は承知の上だよ。だが残念だね、クロード。モルガナは君より私の方がいいと言うんだ。潔く、彼女と私の幸せを願ってくれ」

「……そんなにうまく行くとは思わない方がいい」

凍った場の空気には気づかず、嬉々《きき》として続けるハージェスに、クロードが低い声で答えた。

「おや？　実は相当堪えているのか？　すまない、弟の最愛の人を奪ってしまう形になって……」

「いや、そうではない。そんな女は好きにくれてやる。それよりも父があっさり許すとは思わない方がいいと言っているんだ。今まで兄上の婚約破棄を誰《だれ》よりも拒否していたのは、国王陛下だということを忘れていないか？」

クロードが冷静に、〝国王陛下〟という単語に力をこめて答えれば、ハージェスがグッと喉《のど》を詰まらせた。

（……そういえば、国王陛下はずっと反対していらしたわ……）

実は、リュシエルとハージェスの婚約解消の話が出たのはこれが初めてではない。過去には一度、ベクレル侯爵家から、そしてハージェスからは何度も国王に婚約解消の希望が伝えられているのだが、普段ハージェスにさせたいようにさせている国王も、なぜかこの件に関してはがんとして首を縦に振らなかったのだ。そのためハージェスとモルガナも強引に妊娠という手段をとることにしたのだろう。

「それ、は……。いや、しかし、彼女のお腹には子供がいるんだぞ？　他ならぬ私の子だ！　聞けば、お前とは手すら繋《つな》いだことのない、清い仲だったのだろう!?」

「そうだ」

クロードが答える声は、どこか自慢げに聞こえた。リュシエルが不安そうに見上げれば、優しげな瞳が彼女を見つめる。

「これ以上兄上と話しても無駄だ。……行こう、リュシー」

クロードにそっと肩を押され、リュシエルはハージェスが何やら叫ぶ声を聞きながらその場を後にした。ティーパーティーは急遽《きゅうきょ》解散となり、両親が怒りながらもその対応に追われてバタバタとしていたが、リュシエルがその手伝いに駆り出されることはなかった。傷心だと思われたのだろう。実際呆然としていたから、その配慮はありがたかった。

◆

「まったく……！　今までもだったが、今度の今度だけは本当に許せない。俺《おれ》はもう、ハージェスの側近などやめてやる!!」

「お兄様、落ち着いてください。私は案外平気です」

客間で怒りすぎて一人称が〝俺〟になっているエドガーを、リュシエルはあわててなだめた。

「すまないリュシー。頼りない兄を殴ってくれ。今まで俺が我慢すればいつかはうまくいくのではないかと思っていたが、こんなことならもっと早くにあのバカを殴っておくべきだった……!!」

「お兄様、それ不敬罪にあたりますからお口には気をつけて。心の中で思う分には自由ですわ」

注意すると、エドガーは無言で近くに置いてあったクッションを殴り始めた。兄がそんな行いをするのは初めてで、目を丸くして見ていると、クロードが心配そうに顔を覗き込んでくる。

「……リュシーは大丈夫なのか？」

「私？」

キョトンとして見返してから、リュシエルは言った。

「最初はあまりのバ……いえ、型破りっぷりにびっくりしてしまったけれど、大丈夫どころかむしろ天にも昇る心地ですわ。私がハージェス殿下を好きになる要素、微塵《みじん》もありませんでしたから……」

それは嘘ではなかった。ハージェスとの結婚は義務感から耐えているだけで、あの男を一生の伴侶《はんりょ》にしないで済むのなら、修道院へ行ってもいいと真剣に考えたことすらあるくらいだ。

「王妃という身分に、未練は？」

「ないですわ。どちらかというと、ハージェス様が国王について我が国は大丈夫なのか心配する気持ちが強いです。……今のは内緒にしてくださいね」

しまったというように口を隠せば、クロードが笑った。途端に、胸があたたかくなる。リュシエルは、彼の笑った顔が大好きなのだ。

「ならよかった」

「……クロード様は、大丈夫ですか？」

リュシエルは恐る恐る尋《たず》ねた。モルガナ嬢を愛し、大事にしていたのは他でもない、クロード自身。リュシエルよりも彼の方がよっぽど傷心なはずだ。

「私は大丈夫だ。……なんとなくそんな予感がしていたからな」

「え？」

「そもそもあのふたり、本気で愛し合っていないだろう？」

「それは私も思った」

いつの間にか立ち直ったらしいエドガーまでもが話に交じってきたので、リュシエルは驚いて目を見開いた。

「そうなのですか？」

「ああ、だって」

うなずきながら、クロードが説明する。

「彼らの瞳を見たかい？　あそこに浮かんでいたのは、愛する人に向ける愛情ではない。打算だよ」

「打算……」

考えるリュシエルに、クロードが続ける。

「兄上にとってモルガナは、リュシーの代わりに婚約者として据えても申し分ない家柄。さらに何かと盾突いてくる私から、最愛の人を奪ったという優越感をも満たせる最高の人選だ」

「そして」

と続けたのは兄のエドガーだ。

「モルガナ嬢にとっても、憎きベクレル侯爵家のリュシーから婚約者を奪え、かつ第二王子の妃《きさき》ではなく、将来の王妃という立場の方が魅力的だろうね」

「だからって、あんまりなやり方ですけれど……」

「私も兄がそこまでバカだとは思わなかった」

はあ、と誰からともなくため息が漏れる。

「……けれど、考えようによってはリュシー。君は自由になったということだ」

「自由？」

クロードの言葉にリュシエルがキョトンとすると、兄のエドガーも力強く同意した。

「そうだよリュシー。もうお前はあんな男に煩《わずら》わされる必要はないんだ。これからは好きな催しに好きなだけ参加すればいいし、結婚だって、好きな男とできる。どう見ても非があるのは向こうだから、誰もお前を責めたりはしないよ」

労《いたわ》るような兄の言葉を聞いて、リュシエルの胸が高鳴る。

「好きな人と結婚……？」

つい、知らず目がクロードを見てしまう。リュシエルにとっては大変喜ばしいことに、彼もまた婚約者がいない状態に戻ったということに、今さらながら気がついたのだ。

（もしかしたら、もしかしてだけれど、私とクロード殿下が結婚できる未来もあるんじゃ……？）

そんな将来を想像して一瞬浮きたったが、すぐにその気持ちは萎《しぼ》んだ。

鏡に映った自分の姿を見てしまったせいだ。

たとえ自由になろうと、彼女が〝スナギツネ令嬢〟と呼ばれる残念な容姿であることは変わらない。

クロードがいくらリュシエルに優しいと言っても、それはあくまで彼が幼なじみだからであって、恋愛感情からではない。先ほどは動揺からか、珍しく「そんな女」などという汚い言葉を使っていたが、それまではリュシエルが心から羨《うらや》むほどモルガナを大事にしていたのだ。

今リュシエルが結婚をお願いすれば、兄であるハージェスがやらかした負い目もあり、もしかしたら優しいクロードはうなずいてくれるかもしれない。だが……。

（そんなのって、あんまりだと思うわ……）

婚約者を兄に寝取られ、代わりに不器量な幼なじみを押し付けられたら、たまったものではないだろう。

リュシエルは「はあ」と諦《あきら》めのため息をついた。

「私には、できないと思います……」

せっかく励まそうとしてくれているふたりには申し訳ないが、それがリュシエルの正直な気持ちだった。

◆

ハージェス王太子の醜聞は、すぐに国中に広まった。元々、ヴァランタン王国は小さな国なのだ。その上人々は平和で退屈しきっており、王家の醜聞は格好の娯楽だった。

だが、そんな事態をよそに、三日経っても、一週間経っても、国王からは婚約破棄について何の連絡もなかった。国王の側近である父なら何か知っているはずなのだが、聞いても難しい顔をして首を横に振るばかり。

（……まさかこのまま婚約継続ということはないでしょうけれど、それにしても遅いわ……）

普段は苛烈《かれつ》とも言えるほど即決即断の王であるというのに、珍しいことだった。

（まあ、婚約破棄できるなら、私はなんだっていいけれど）

――そうのんびり考えていたリュシエルの元に、驚きの知らせがもたらされたのは、それからさらに半月後だった。

「ナーバ帝国の皇女が、クロード様とお見合いのためにヴァランタンに来るのですか!?」

「ああ」

本当にハージェスの側近をやめて、クロードの側近になってしまったエドガーが言った。

「なんでも、クロード様の婚約破棄を聞きつけたナーバ帝国の第一皇女、ヤーラ皇女が、婿《むこ》としてクロード様を迎えたいらしいんだ」

「ナーバ帝国って、そんな……」

ナーバ帝国は巨万の富を持つ南方の大国。ヴァランタンからはそう遠いわけではないが、肌の色も違えば、文化も風習もまるで違う国だった。

「なぜそんな話に？」

「それが……どうもヤーラ皇女の婿取りで色々と揉《も》めていたらしくてね」

兄の話によれば、ナーバ帝国は今複雑な状況にあり、唯一の皇族であるにもかかわらず、ヤーラ皇女は女帝にはなれないのだという。代わりに、ヤーラ皇女の婿となるものが、次期ナーバ帝国の君主になるらしい。

「君主って……つまりナーバの皇帝ってこと？」

「そう。だからヤーラ皇女には求婚が殺到してね。とはいえ、選ぶ方もかなり慎重になる。吟味に吟味を重ねている最中に、どこからかクロード様の婚約破棄の話を聞いたらしい。そしてクロード様は以前、大使としてナーバ帝国に行ったことがあるだろう？」

「ええ、それはよく覚えているわ」

　クロードと一年近く離れることになって、ずいぶん寂しかった記憶がある。

「その時に、どうやらヤーラ皇女の父である皇帝にとても気に入られたみたいなんだ。おまけに、ヴァランタンが小国なのも都合が良かったようだ」

　リュシエルはわかったようなわからないような、複雑な顔をした。

（じゃあ、クロード様がナーバ帝国の皇帝になってしまうの……？）

「それでね、リュシー。お前にこの話をしたのは、クロード様から直々に指名があったからなんだ」

「指名？」

「リュシーはナバル語を話せただろう？　当日、クロード様ひとりじゃ応対しきれない賓客の接待を、リュシーに手伝ってほしいらしいんだ」

「私がですか!?」

「ああ。ナバル語を話せて、かつ要人の接待もできる人となるとなかなかいなくてね……」

　リュシエルは考えた。

　確かに、ヴァランタン王国はナーバ帝国とはあまり接点を持ってこなかったため、ナバル語を話せる貴族階級の人間は貴重だ。だからこそリュシエルに役目が回ってきたのだろう。

（……私の勉強の成果を試すいい場になるかもしれない。それに気になるわ。クロード様と結婚するかもしれないヤーラ皇女がどんな方なのか……）

　そこまで考えて、リュシエルは顔を上げた。

「……わかりました。私が行きます」

こうしてリュシエルは通訳として、ヤーラ皇女出迎えの場に同席することとなった。

◆

遠路はるばるやってきたナーバ帝国のヤーラ皇女は、褐色の肌に黒曜石のような大きな瞳を持つ、異国情緒を感じさせる愛らしい美姫だった。滑らかなシルクのドレスには飾りとしていくつもの薄いベールが重ねられ、またヤーラ皇女の艶やかな黒髪と顔も、奥ゆかしく繊細なベールで覆われている。出迎えたクロードと並ぶ姿はまるで最初から対になった絵のようで、若く輝くふたりに周りの人々からは自然とため息が漏れた。リュシエルの心がじくりと痛む。

（この期に及んで、嫉妬《しっと》なんかしている場合じゃないわ。私は私の役目を果たさないと。クロード様のためにも）

ヴァランタン王国に、そしてクロードの顔に泥を塗らないためにも、リュシエルは精一杯のもてなしをした。クロードがヤーラと歓談している間はお付きの人たちが不自由しないよう手配したり、またクロードが違う要人と話している間はヤーラの話し相手になったり。

ヤーラはナーバ帝国の歴史や文化についても勉強したリュシエルのことをとても気に入ってくれ、しまいにはクロードよりもリュシエルと過ごす時間の方が長くなったほどだった。

『貴女《あなた》は本当に素敵な女性だわ、リュシー』

上機嫌で愛称を呼ぶヤーラに、リュシエルは照れたように首を振る。

『そんな、私みたいな者に素敵だなんて。身に余る光栄ですわ』

『貴女の唯一の欠点は、その卑屈な態度ね。褒められたら、素直にありがとうとにっこり笑えばいいのに。貴女にはそれだけの価値があるから褒めているのよ？』

　ヤーラは、ことあるごとにリュシエルを褒めてくれた。その度にリュシエルはむず痒《がゆ》く、なんとなく困ってしまう。家族とクロード以外でこんなに褒められたのは、初めてだった。

『けれど、しょうがないわね。貴女にはそうなるよう、「　」がかけられているんですもの』

『ごめんなさい、今なんとおっしゃったのでしょう？　聞き取れなくて』

　ヤーラはその質問に答える代わりに、リュシエルに向かって悲しげに微笑んでみせた。

『クロードを呼んできてくださる？　私、彼とお話がしたいわ』

『すぐに呼んで参ります』

　リュシエルはあわててクロードの元に行った。ヤーラが呼んでいることを話すと、クロードがすぐさま彼女の元に向かう。そうしてふたりで何か秘密ごとを囁《ささや》き合うように、お互いの黒髪を寄せて話す姿をリュシエルはじっと見つめていた。

（本当に、いつ見ても絵になるふたりだわ……）

　ヤーラ皇女は文句なしに素敵な姫だった。

　そのヤーラの夫となり、ナーバの皇帝となれるのなら、これほど輝かしい未来はない。クロードにとっては間違いなくいい話だ。

　そう思うのに、心から祝福ができなかった。並び立つふたりの姿を見る度に、リュシエルの心は血しぶきをあげ、じくじくと痛んだ。

（私が、クロード様と釣り合うような女性だったら……）

自分がクロードの妻になりたいと立候補できるような女性だったら、どんなに良かっただろう。

だが現実には、リュシエルはスナギツネ令嬢と笑われるような容姿をしているのだ。ヤーラ皇女と比べると、地位も美貌も差がありすぎて、何ひとつ勝るところがない。

リュシエルは諦めたように小さくため息をついた。

◆

ヤーラ皇女が帰ってから、クロードは物思いにふけることが多くなり、部屋にこもることが多くなった。王宮の人々はそれを〝恋わずらい〟と隠すことなく噂し、国中が、自国の若く凛々《りり》しい王子が大国の皇帝となる姿を想像して浮かれていた。

それを喜ばしく思っていないのは、今やクロードと完全に敵対してしまったハージェスと、クロードに想《おも》いを寄せるリュシエルぐらいだろう。先日ようやく王から婚約解消の知らせが届き、無理に外出しなくて良くなったこともあり、クロードと会える時間はグッと減ってしまっていた。

（笑顔で送り出さなきゃいけないのはわかってる。でも、やっぱりつらいわ……）

彼がいなくなるのを考えただけでも落ち込んでしまう。それでいて、彼本人には何も言えない。

そんな自分が、リュシエルはたまらなく嫌だった。

「……リュシー。今いいかい？」

そこへ珍しく控えめな兄の声がして、リュシエルはあわてて姿勢を正した。エドガーはリュシエルの部屋に入ってくると、辺りに人がいないのを確認してから部屋に鍵《かぎ》をかける。

「どうしたの？　お兄様」

「リュシー。お前に話すべきか迷ったんだが、知っておいた方がいいと思って」

兄が何を言おうとしているのかわからず、リュシエルは困惑した。それから兄の口から出た言葉は、彼女をさらに戸惑わせた。

「クロード様が内密にナーバ帝国に向かった」

「ナーバに……？」

（どういうことなの？　まだ結婚していないのに、なぜナーバ帝国に？）

リュシエルの頭の中で、ぐるぐると言葉が回る。

「まさか……ヤーラ皇女に会いに……？」

信じられないという気持ちで聞けば、兄が口を閉ざした。

「……それは言えないんだ。しばらくすれば戻ってくる。その時クロード殿下に聞いてみてくれ」

そう言うとエドガーは去っていったが、リュシエルは返事をすることができなかった。

リュシエルの頭の中では、クロードが遠路はるばるヤーラ皇女を追いかけ、抱きしめる姿が映し出されていたのだ。

（クロード様は正式な婚約すら待っていられないほど、ヤーラ皇女を……？）

立っていられず、リュシエルはへなへなとその場に座り込んだ。

本来、クロードが内密にナーバ帝国を訪れないといけない理由は何もない。準備や調整に時間こそかかるものの、彼は婚約者候補として堂々とヤーラ皇女に会いに行く権利を持っているのだ。それをせず密かに会いに行くということは、彼が片時もヤーラ皇女と離れていたくないという証《あかし》のように思えた。

（クロード様は、そこまでヤーラ皇女のことを愛しているのね）

導き出された結論が、ガン、とリュシエルを打ちのめす。

どうすることもできずに、リュシエルはひとりひっそりと涙を流すしかなかった。

◆

クロードがナーバ帝国に行ってから一ヶ月。王宮でもクロードの行方《ゆくえ》をごまかすのに限界が来たようで、人々の間ではヒソヒソと第二王子の行方が取り沙汰《ざた》されていた。けれどリュシエルはどんな噂話にも興味が持てず、ただ沈んだ日々を過ごしていた。

そんなある日、妹であり一番の癒しの存在であるアンジェラが母と茶会に出かけてしまい、ひとり自室で手持ち無沙汰に過ごしているところに、控えめなノックが聞こえてくる。

「……リュシー、今から少しだけ出られるかい？」

やってきたのは兄のエドガーだ。

「ええ、構いませんけれど、どこに行くのですか？」

「いや、すぐそこだ。裏口に、お前に会いたいという人物が来ている」

「私に……？」

リュシエルはいぶかしみながらエドガーについていった。兄が許可したということは怪しい人物ではないのだろうが、なぜわざわざ裏口に？　と頭の中は疑問でいっぱいになる。

そして連れて行かれた裏口にいた人物を見て、リュシエルは口を押さえた。

「クロード様……!?」

クロードはフードがついた黒のマントに旅装束という、普段の彼からは考えられない格好をしていた。その顔は少しやつれ、無精髭《ぶしょうひげ》まで生えている。

驚きのせいなのか、それとも嬉しさのせいなのか、リュシエルは気づけばハラハラと涙を流していた。気づいたクロードが、あわてて駆け寄ってきて涙を拭《ぬぐ》う。

「どうしたんだリュシー。一体何があったんだ？」

「いえ……ごめんなさい、久々にクロード様に会えたのが嬉しくて」

正直に言うと、クロードは笑った。まさかそんなことで泣いているとは思わなかったのだろう。

「心配をかけてしまって悪かった。どうしても秘密裏に行わねばならないことだったから、君には何も言えなかったんだ」

「クロード様、それはどういう……？」

話についていけず、リュシエルが尋ねようとするのを、クロードがさえぎる。

「その前に、言わせてほしい」

かしこまったように咳払《せきばら》いをして、クロードが緊張した面持ちでその場にひざまずき、リュシエルの両手を取る。戸惑うリュシエルの緑の瞳を、クロードの濃紺の瞳が真《ま》っ直《す》ぐ見つめた。

「リュシエル・ベクレル嬢。……私と、結婚してくれないか」

「えっ……!?」

何を言われているのか、すぐには理解できなかった。

「本当はもっと綺麗な格好で、もっとロマンチックな場所で言えたら良かったんだが……久しぶりに見た君があまりに可愛くてつい」

一方のクロードは、何やらはにかんでいる。その顔は照れと嬉しさで紅潮しており、嘘を言っているようには見えない。

「なっ……どっ……、へ、変ですわ！　私が可愛いなんて、そんなこと！」

何を隠そうリュシエルは、〝スナギツネ令嬢〟なのだ。細い目に三白眼。下ぶくれもくすみもあいかわらず健在。どこからどう見たって、美人ではない。

動揺するリュシエルに、クロードが真顔で返す。

「ずっと言おうと思ってたけど、君は可愛いよ。笑うと目が糸みたいになるところも可愛いし、アンジェラを見つめる優しい瞳は愛の女神そのもの。何より、いつも自分にできる精一杯の努力をする健《けな》気《げ》な姿は、誰にも負けないぐらい可愛い」

「な!?　なっ……!?」

「だから私は君を好きになった。好きになったら君は、もっと可愛くなった」

臆面《おくめん》もなく言ってのけるクロードとは逆に、リュシエルは顔を真っ赤にして何も言えなくなってしまった。まさかそんな風にクロードが思っていたなんて、夢にも思わなかったのだ。

「……だから、返事を聞かせてほしい。リュシエル、私と結婚してくれないか？」

（クロード様が、私を花嫁にと望んでくれているの？　スナギツネと笑われた、私を……？）

一度は落ち着いたはずの涙が、再びせり上がってくる。

胸がいっぱいになったリュシエルは、言葉の代わりにコクリとうなずいた。

これは夢だろうか？　もし夢なら、一生覚めないでほしいと心から願う。

「ああ、良かった！　私はずっとこの日を夢見ていた。これであとは父上に報告するだけだ！」

（あれ、でもヤーラ皇女のことは……？）

そこでリュシエルははたと思い出した。

「あの、クロード様はヤーラ皇女様のことが好きなのではなかったのですか……？」

「ヤーラ皇女？　なぜ彼女の名が？　彼女はいい友達だが、私が好きなのは今も昔も君だけだよ」

「でもナーバ皇国に行ったのは、ヤーラ皇女を追いかけて行ったからではないのですか……？」

リュシエルが言えば、クロードは「ああ」と納得したように言った。

「話すと長くなるんだけれどね……ナーバに行ったのは人探しをするためだ。探している人物がナーバにいると教えてくれたのが、ヤーラ皇女なんだよ」

「人探し？」

「ちょうどいい。これ以上あの方たちを待たせておくのも良くないし、エドガー、呼んできてくれないか」

「かしこまりました」

密かにそばでニコニコと見ていたエドガーが、足早にどこかへ消える。そしてすぐに、フードとマントにすっぽりと身を包んだふたりの人物を連れてきた。

前を歩いていた人がフードを下ろすと、リュシエルはハッと息を呑んだ。

フードの中からこぼれたのは、黄金のように輝く豊かな長い金髪。目の下からは黒いベールで隠されていて見えないものの、純度の高い宝石を思わせる水色の瞳がハッとするほど美しい女性だった。

後ろにいるもうひとりはフードを深く被《かぶ》っていて顔は見えないが、背の高さや肩幅の広さから判断すると男性だろうか？

リュシエルがまじまじと観察していると、クロードが要人に接するように恭《うやうや》しく頭を下げて、それからリュシエルに説明した。

「訳あって名は明かせないが、彼女は力のある魔女だ。リュシーの呪《のろ》いを解くために来てもらったんだ」

「呪い？」

突如出てきた物騒な単語に、リュシエルはまた混乱した。

「初めまして。貴女が噂のお嬢さんね？」

大人《おとな》の色気を含んだ甘い声が、魔女の口から発せられる。リュシエルがあわてて挨拶《あいさつ》を返そうとしたところで、細く華奢《きゃしゃ》な美しい指が、ついとリュシエルの頬に伸びてくる。

「きゃっ……」

「びっくりさせてごめんなさい。よく見せて頂戴《ちょうだい》ね」

それから美しき魔女は、一通りリュシエルの顔を撫で回したあと、悲しげに言った。

「……これは、ひどいですわね。魔法の質自体は大したことはないけれど、こんな魔法を女の子にかけるなんて……。かわいそうに。ずっと苦しめられてきたのでしょう。今解いてあげますわ」

魔女が何を言っているのかよく理解できなかったが、彼女の手から伝わってくる温かさは不思議なほど心地よく、本能的にリュシエルを傷つけることはないとわかった。だからリュシエルはされるがまま、身を任せていた。

「この国には魔法を使える人間はほとんどいないんです。だから誰も彼女の呪いに気がつけなかった」

説明するクロードの言葉が聞こえる。

確かに、ヴァランタン王国は魔法とはほぼ無縁の生活をしている国だった。海を隔てた大陸の向こうでは魔法が当然のものとして存在しているらしいのだが、ここで魔法といえば、王家直属の魔法使いがふたりいるのと、王宮で使っている魔法で灯《とも》されたランタンぐらいのものだろう。

市民どころかリュシエルたち貴族の家ですら、魔法の品は置いていない。小さな半島に存在するヴァランタンは、魔法なしの至って原始的な生活を送っていた。

「王宮に魔法使いはいらっしゃらないの？」

「ふたりいます」

「それでこの有様なら、耄碌《もうろく》したか質が低いかのどちらかですわね。いずれにせよ、クビにすることをお勧めしますわ」

　苦々しく言いながら、魔女はリュシエルの顔を撫でるように手を動かした。触れた箇所からくすぐったいような、あたたかくなっていくような、不思議な感覚が広がっていく。

「……これで大丈夫ですわ。しばらくは元に戻ろうとする反動で、寝込むことになると思うけれど。わたくしの見立てだと、三日かしら」

　切れ長の美しい目元が、優しげに微笑んでいる。

「あの、さっきから言っている呪いって……」

　そこまで言いかけて、リュシエルの体がぐらりとかしいだ。クロードがあわてて抱き寄せる。

「詳しくは後で話す。今は無理せず、しばらく眠るんだ」

「クロード……様……私は一体……」

　突如、猛烈な眠気がリュシエルを襲っていた。それ以上何か言うこともできないまま、意識が暗闇《くらやみ》にズブズブと沈んでいく。完全に眠りに落ちる前に「もう大丈夫だよ、リュシー」という優しい声を聞いた気がした。

◆

どのくらい経ったのだろう。次にリュシエルが目を覚ました時、辺りは昼だった。リュシエルは寝起きが悪く、目覚めた後はいつも体がだるいのが常なのに、今は驚くほど体が軽く気分もいい。まるでずっとくくりつけられていた重しが取れたようだった。

「おねえさま、おきた！」

突進する勢いで飛びついてきたのは、妹のアンジェラだ。

「おねえさま、みて！　かがみ、みて！」

アンジェラは興奮したようにリュシエルの手をぐいぐいと引っ張り、無理やり鏡台の前まで連れて行く。

「待ってアンジェラ、一体どうしたの……えっ⁉」

鏡に映った自分の姿を見て、リュシエルは仰天した。幻かと思い、あわててぺたぺたと顔中を触ってみると、鏡の中の人物もまったく同じ動きをして顔を触った。

「うそ……これ……もしかして私なの……⁉」

鏡に映っていたのは、眩《まばゆ》いばかりの美女だった。大きなアーモンド形の眼《め》は長いまつ毛に彩られてぱっちりとしており、先がつんと尖《とが》った鼻はちょうどいい高さと大きさで、ぽってりした唇は愛らしい。そして今までどんなに努力しても直らなかった下ぶくれは綺麗に消え去り、アンジェラと同じ卵形の綺麗な形をしていた。おまけに肌までしっとりと艶と透明感があり、化粧すらしなくても良さそうなレベルである。目は相変わらず三白眼気味ではあったが、それすらもどこか色気を感じさせる。

「一体何が起きたの……⁉」

「くろーどさま、おにいさま、おねえさまがおきたよ！」

呆然とするリュシエルを置いて、アンジェラが叫んだかと思うと、間髪容《い》れずにクロードとエドガーが部屋の中に飛び込んでくる。

「リュシー！」

次の瞬間、リュシエルはクロードの腕の中に抱きしめられていた。

「目が覚めて良かった……！　疑っていたわけではないが、やはり不安もあって」

「おほん。クロード様、いいですか？　婚約するとはいえ、妹はまだ独身の身。適切な距離を保ってください」

感極まった様子のクロードを、エドガーが静かに押しやる。

「あ、すまない。……それにしてもリュシー、本当に綺麗になったな」

「そうだよリュシー！　ああ、呪いが解けて良かった。こうしてみると、アンジェラや母上とよく似ている！」

「待って……待ってください。ふたりとも説明してくれませんか？　呪いって、一体どういうことなんです？」

話についていけないリュシエルが焦ったように言うと、クロードが微笑みながら言った。

「リュシー、これはヤーラ皇女が教えてくれたんだが、君にはずっと呪いがかけられていたんだ。そのせいで本来の容姿が歪《ゆが》められ、ずっと偽りの姿で暮らすよう強要されていたんだよ」

「呪い……!?」

そういえば、ヤーラは以前会った時、リュシエルに何かかかっていると言っていた。単語が聞き取れずリュシエルには何のことかわからなかったが、あの時言っていたのはこのことだったらしい。

　そして秘密話をしていると思ったヤーラとクロードは、そのことを話していたのだ。

「この前君に会わせた魔女殿も、ヤーラ皇女がナーバ帝国に滞在していると教えてくれたんだ。ただおおっぴらに探して気づかれるわけにはいかなかったから、秘密裏に探さざるを得なかった」

「そんな……。そもそも、なぜそんな呪いが私に……？」

「それはこれからわかる。さあ、急いで支度をしてくれるかい？　王宮に、父上に会いに行かねば」

　まだ状況もしっかり呑み込めていない中、リュシエルは言われるまま急いで身支度を整えた。終わるとすぐさまクロードやエドガーたちと同じ馬車に詰め込まれ、王宮へと運ばれる。駆け足気味のクロードに引きずられるようにしてたどり着いた謁見室には、王だけではなく、側近である父や宰相、各大臣など、そうそうたる面子《メンツ》が揃っていた。中には、久しぶりに見るハージェスとモルガナもいる。

　皆はリュシエルの姿を見ると、ハッとしたように息を呑んだ。

「お待たせしました。リュシエルが目覚めたので、連れてまいりました」

　クロードの言葉に、周りがざわめきたつ。

「リュシエル？　あれが、リュシエル・ベクレル侯爵令嬢だと言うのか？」

「一体何があったんだ。別人じゃないか！」

「リュシエルなのか……!?　本当に……!?」

　最後に言ったのはハージェスだ。その顔には赤みが差し、ぽうっと、まるで見惚《みほ》れるようにしてリュシエルを見ている。そばにいるモルガナが苛立ったように袖《そで》を引いていた。

「来たか」

玉座に座っていたヴァランタン王が重々しく口を開くと、途端に辺りはぴたりと静かになった。

「皆、突然呼び立ててすまないな。いくつか重要な話がある故、許せ」

それから王は、ゆっくりとクロードとリュシエルの方を見た。

「まずはいい知らせから行こうか。我が二番目の息子クロードだが、そこにいるリュシエル・ベクレル侯爵令嬢との婚約を許可する」

「ありがたき幸せ」

クロードが頭を下げれば、パラパラと拍手が上がる。

「それから、リュシエル嬢に関してだが……」

「父上！　あれは本当にリュシエルなのですか？」

王の言葉を遮ったのは、どこか気色ばんだ様子のハージェスだ。

「そうとも。あれがリュシエル嬢だ。……そうだろう？　フラヴィニー侯爵」

突如名指しされたフラヴィニー侯爵、つまりモルガナの父親は、顔を真《ま》っ青《さお》にして震えていた。

(なぜフラヴィニー侯爵に……？)

状況が呑み込めなかったのはリュシエルだけではなかったようで、モルガナも驚きの顔で父を見ている。

「お父様……どういうことですの……？」

「娘に聞かせてやるといいフラヴィニー侯爵。お前がベクレル侯爵家の長女、リュシエルに何をしたのかを」

「ご、誤解です。私は何も……」

　震える声で否定しようとするフラヴィニー侯爵に、クロードが声を荒げた。

「言い逃れができるとは思わない方がいい。こちらは既に証人を押さえてある。呪いをかけた魔法使い本人と、長年フラヴィニー侯爵家の家令をしていた男が証言している。『フラヴィニー侯爵は、娘の敵となりうるベクレル侯爵家の長女、リュシエルの姿が醜くなるよう呪いをかけた』とな。それだけではない。王宮魔法使いに賄賂《わいろ》を贈り、今までもずっと悪事を働いてきたそうだな？」

　それを聞いて、フラヴィニー侯爵が哀《あわ》れなほどガタガタと震え出した。もはや言葉も出ないようで、顔色は死人のように青くなっている。王が玉座を指でトントンと叩《たた》きながら、低い声で言った。

「知っての通り、ヴァランタンでは王家以外の者が魔法使いを雇うことは大罪に値する。加えて呪いとなる暗黒魔法自体、ヴァランタンに限らず世界条約で禁止されている。さらに、リュシエルは王太子の婚約者、つまりは将来の王妃となる女性だった。その彼女に害をなすということは、王家へ対する反逆罪にもあたる。それとも何か申し開きすることがあるか？　フラヴィニー侯爵よ」

　フラヴィニー侯爵はそれには答えず、ガックリとその場に膝《ひざ》をつき、魂が抜けたように呆然と虚空を見つめている。

「ないならばフラヴィニー侯爵家は爵位剥奪《はくだつ》の上、フラヴィニー元侯爵は斬首刑に処す。連れて行け」

王が顎《あご》をしゃくると、そばに控えていた騎士たちがフラヴィニー侯爵を連行しようとした。それに気づいた娘のモルガナが、あわてて王の前に身を投げ出す。弱々しいながら、ハージェスもそれに加勢した。

「陛下！　どうか、私に免じて情けを……！　あんまりですわ！」

「そ、そうです父上。何かの誤解もあるかもしれません。私の妻になる人の親がまさかそんな……」

「それからそなたたちふたりにも言いたいことがある」

王はふたりの言葉を無視し、ぎろりと冷たく見下ろした。

「モルガナ・フラヴィニー嬢よ。そなたがクロードからハージェスに乗り換えた件も遺憾ではあるが、まずはなぜハージェスの子を妊娠したなどと嘘をついたのか教えて欲しい」

（えっ⁉）

リュシエルは思わず口を押さえた。そうしなければ声が漏れてしまいそうだった。

「妊娠が嘘……？　モルガナ、どういうことなんだい……？」

ハージェスが、信じられないという顔でモルガナを見る。モルガナは、父親の助けを乞《こ》うた時よりもさらに青ざめていた。

「う、嘘ではありませんわ。私、確かに月のものが止まって……。ちょ、ちょっとした勘違いだったんです！」

「ならなぜ、そのことを今まで黙っていたのだ？」

「それは……」

そこまで言って、モルガナはわっと泣き出した。王はため息をつくと、今度はハージェスを見た。

「それから、我が息子、ハージェスよ」

「は、はい……」

「お前は昔から、不出来な子だった。弟のクロードの優秀さに勝てないとわかるや否や努力することを放棄して、放蕩《ほうとう》の限りを尽くして……。それでもいつかは成長するのではないかと思い辛抱強く見守ってきたが……結局お前は最後の砦《とりで》すらも、自ら壊してしまったな」

「最後の砦……？」

「リュシエル・ベクレル侯爵令嬢との婚約だ。放蕩者なお前をそれでも支えてくれるであろう真面目《まじめ》なあの子との婚約は、お前に与えられた最後の砦であり、救いの手だったのだ。……考えたことはなかったのか？　私が、なぜお前たちふたりの婚約にそれほどまでこだわっていたのか」

「そ、それは……」

「見た目でとやかく言う者もいるようだが、リュシエル嬢の勤勉さ、真面目さ、謙虚さ、すべてにおいてこれほど国母となるにふさわしい女性はいない。それなのにお前ときたら何をした？　リュシエル嬢を大事にしないどころかひどいあだ名をつけて嘲笑《あざわら》い、さらには不貞まで働きおって。おまけに選んだ女も女だ。クロードは婚約者として確かに彼女を大切にしていた。だというのに、地位に目が眩《くら》んであっさりと乗り換えたと思えば、妊娠したという嘘までついて……！　まったく、本当に救いようがない！」

王の顔には深い失望が刻まれていた。流石《さすが》にまずいと察したハージェスがあわてて身を乗り出す。

「ち、父上！　心を入れ替えます。これからは精一杯次期国王として勤勉にーー」

「もう遅い」

王は冷たい瞳でハージェスを見ながら、切り捨てるように言った。

「ハージェス。お前の王位継承権を剥奪する。そして王太子として、新たにクロードを指名する」

「父上！」

その場が一斉にざわめきたった。固唾《かたず》を飲んで見守っていたリュシエルも反射的にクロードを見上げると、彼はまるで最初からすべてわかっていたかのようにうなずいてみせた。

「ハージェス、お前は今後ただの王子として、国の外れにある離宮へと住まいを移せ。それから今後はその宮のある領地から離れることは許さない。結婚はしても良いが、お前の子にもまた王位継承権はないものとする」

それは事実上の幽閉宣言だった。

（まさか陛下が、こんなにお怒りだったなんて……）

事件が起きてから婚約破棄に至るまで随分と時間がかかったとは思っていたが、どうやらリュシエルだけではなく、国王も裏で激怒していたらしい。あの空白の期間に、王はハージェスに対して完全に見切りをつけてしまったようだ。

「父上、どうか、父上！」

「——連れていけ。それからモルガナ嬢も」

王の命令で騎士が動き出したのを見て焦ったのだろう。ハージェスはぐるりと向きを変えると血走った目でリュシエルを捉え、それから叫んだ。

「リュシエル！　いやリュシー！　頼むお前からも父上に言ってくれ！　ちょっとした行き違いじゃないか？　お前は俺に相応《ふさわ》しい美人になったし、やり直そうじゃないか！　なあ、頼むよ！」

到底正気とは思えない言葉を叫びながら近寄ってくるハージェスの前に、クロードが素早く立ち塞《ふさ》がった。

「やめろハージェス！　今さら馴《な》れ馴れしくリュシーに近寄るな！」

「邪魔をするなクロード！　リュシーと話をさせろ！　そうすればきっと彼女は」

「……私は」

庇《かば》ってくれたクロードの腕をそっと押しやり、目で大丈夫だと合図をすると、リュシエルはハージェスを真っ直ぐ見据えた。その態度にハージェスが狼狽《うろた》える。

「……もしあなたが私のことをスナギツネと言ってくれなかったら、私は真実の愛に気づくことができませんでした。だから私は、スナギツネの私を愛してくれた、クロード様と幸せになりたいと思います。ハージェス王太子殿下……いえ、ハージェス殿下。今までありがとうございました。どうぞお幸せに」

そう言ってリュシエルは淑女らしい、優雅な笑みを浮かべた。それはリュシエルにできる精一杯の仕返しだった。

「だ、そうだ。お引き取り願おうか兄上」

「な……！　こ、この俺がせっかく……！　リュシエル！　スナギツネの癖に！」

なおも喚《わめ》き続けるハージェスは、やってきた騎士達に半ば引きずられるようにして連れて行かれた。

呆然としていたモルガナもいつの間にか退出しており、騒ぎの元凶が消えると、王はまた大きなため息をついた。

「……クロードよ」

「はっ」

「此度《こたび》の働きに感謝する。それから今後は王太子として、次期国王としてよく務めるのだ」

「かしこまりました」

「それから、リュシエル・ベクレル侯爵令嬢よ」

「は、はい！」

緊張で、思わず声がうわずってしまったが、王は優しく微笑んでくれた。その目元がクロードにそっくりで、不躾《ぶしつけ》にもかかわらずついじっと見つめてしまう。

「長い間、そなたにも迷惑をかけた。親心ゆえに、そなたを無理にハージェスと添い遂げさせようとしたこと、ハージェスの暴走を止められなかったこと、悪かったと思っている。……許してくれるか」

「もちろんでございます。私は陛下にお仕えする身ですから」

「そうか。……ならば、これからはクロードのことを支えてやってくれ。未来の王妃として」

「はい、喜んで」

リュシエルは恭しく頭を下げた。その姿に周りから、自然と拍手が溢れる。――こうしてリュシエルは、再び『王太子の婚約者』として、ヴァランタン王国に返り咲いたのだった。

◆

「父の意思が固いことを知っていたから、どうにか兄が自滅してくれないかと思って色々していたが、思った以上に上手《うま》く行きすぎて最初は信じられなかったよ」

「色々していたんですか？」

帰りの馬車の中、リュシエルを送るために同乗したクロードが言う。

「ああ。モルガナを必要以上に大事にしていたのもそのうちのひとつだ。彼女を過剰に褒めれば、兄のことだ。きっと私から奪いたくなるだろうと思って」

「そんな……歪んでいます。弟から恋人を奪おうなんて」

「事実、歪んでいたんだ。……ある意味可哀想《かわいそう》な人だよ。偉大な父と、私を持ち上げる周囲からの圧力でおかしくなってしまったんだろうな……。それでも、リュシーという宝を手にしておきながら大事にしようとしないなんて自業自得としか言えない。そのおかげで私は君と結婚するチャンスをつかめたが……覚悟していて。もう決して君のことは離さないから」

大真面目に言うクロードに、リュシエルは赤面した。

「それはきっと……どちらかというとクロード様の方が変わっているのです。私はその、以前は自分でもスナギツネに似ていると思っていましたし」

「なんでだ？　そもそも、スナギツネは可愛いだろう」

クロードが不思議そうに言う。どうやら彼は今も本気で可愛いと思っているらしい。

「それにしても残念だ……。リュシーはとても綺麗になったが、もうあの頃の君には会えないのは寂しいな。笑うと目が細くなって、とても可愛かったのに。特に目を細めて好物のクッキーを食べている君は、森に住むリスのようでそれはそれは愛らしく――」

熱く語り出すクロードに、リュシエルが赤面する。

（このまま放っておいたら、永遠に止まらなさそうな気がする……！）

「あ、あの、クロード様！　何か他のことをお話ししませんか⁉」

「他のこと？　例えば？」

「それは、えっと……」

恥ずかしさに耐え切れなくなって話題を変えようと試みたはいいものの、肝心の話題が出てこない。

リュシエルがおろおろしていると、それを見ていたクロードがふふっと笑った。

「リュシーはどんな姿をしていても可愛いんだね。君は一体どれだけ私の忍耐を試せば気がすむんだい？」

「試すだなんてそんな！」

「へえ？」

あわてるリュシーに、クロードがずいと顔を寄せる。

「試していないというのなら……君に、くちづけしてもいいだろうか？」

「く、くちづけ⁉」

突然出てきた単語に、リュシエルはすっとんきょうな声を上げた。それに対して、クロードが今まで見せたことのないようないたずらっぽい笑みを浮かべてくる。

「それとも、私とじゃ嫌かい？」

「嫌だなんてまさか！」

「良かった」

ホッとした声が聞こえたと思った次の瞬間、リュシエルの唇にクロードの唇が押し付けられていた。

それはやわらかく、熱く。息を吸う間もないほど激しく。

頭がぽうっとして何も考えられないリュシエルに、唇を離したクロードが嬉しそうに笑って言った。

「私の可愛いリュシー。今まで言えなかった分、これからは君がとろけるくらいの愛を囁いていくよ」

と。

引きこもり呪術家令嬢は呪われ依頼人と婚約中

夏《なつ》みのる
ill. くまの柚子《ゆずこ》

「はじめまして……ラキア・レティ・プロヴォレオ、です」

不慣れな礼儀作法を駆使しながら、目の前の人に挨拶《あいさつ》をする。

亜麻色の髪、そして青紫の瞳《ひとみ》を持つ美しい青年は、私の挙動を静かに見つめていた。

……とんでもなく綺麗《きれい》すぎて、後光の幻覚が見えそうだ。

優れた容貌《ようぼう》なら五人いる上の兄たちで見慣れたと思っていた。だけど、全く関係ない相手だからこそ、より客観的に見られるというか。もはや国宝級なのでは、と一瞬思ってしまうほどだった。

「公爵代理、ケイン・アドラーベルグだ」

平常を保つ声はひどく疲れていて、傍《はた》から見ても顔色が優れない。

淡白で素っ気ない対応は、私のことを警戒している証拠なのかもしれない。かといって嫌な気分になることはない。むしろ、こんな状態でもしっかり立っていられる彼に拍手を送りたい気持ちだった。

「あの、父からお話は伺っています。その、本当に、呪《のろ》われているみたいですね……」

初対面の人に告げるにはどうかと思うけど、生憎《あいにく》気の利いた社交辞令を言える余裕が私にはなくて。

呪力《じゅりょく》を両目に集中させてみれば、彼の周辺に黒い塵《ちり》や靄《もや》——邪気がちらちらと漂っているのがわかる。

禍々《まがまが》しい誰《だれ》かの念が、彼を介して伝わってくるのだ。怨恨《えんこん》か、痴情のもつれか。それはまだ判断できないけれど、呪いをかけた人はおそらく彼に強い感情を抱いているんだろう。

「……まさか自分が、呪いをかけられるとは」

不本意な口調とは裏腹に、不思議と納得もしているような声音だった。

私はもう一度彼をじっと見上げ、心の中で深く同情する。

強烈なまでに眉目《びもく》秀麗な人、纏《まと》う空気は緻密《ちみつ》に作られた美術品のように高貴な人、その何気ない佇《たたず》まいから放たれる独特な異彩を持つ人。

……どこの誰ともわからない人に「呪い」をかけられてしまった不幸な人。

それが、期間限定の私の婚約者である、ケイン様に抱いた最初の印象だった。

恵風が南から吹き込み、雪どけが新しい季節の始まりを告げる頃《ころ》。帝国貴族は社交界シーズンに向けて準備に取りかかる。

令嬢のデビュタントや地方の貴族がこぞって皇都《こうと》に集まるので、シーズン前から多方面は大忙しだ。

とはいえ、私には関係のない催しだけど。

……そう思っていた矢先の、出来事だった。

「――引きこもりの可愛《かわい》い我が娘に、打ってつけの依頼がある。アドラーベルグ公爵家当主代理であるケイン・アドラーベルグの婚約者となり、彼にかけられた呪いの根源を絶やすこと。それが今回、お前の果たす務めだ」

「は、い？」

珍しく父の執務室に呼び出された私は、入室早々放たれた言葉に耳を疑った。

「ケイン・アドラーベルグって、あの？　お、お父様、正気ですか？　それとも私の聞き間違い？　まさか、シーズン前の浮かれた雰囲気にあてられておかしくなってしまったんじゃ……どうかお気を確かに！」

「ほう、ラキア。お前はこの父が正気ではないと言うのか」

「め、滅相もありません」

父の鋭い眼光が飛んできて、ひいっと身を縮める。

小さくため息を漏らし、父はさらに続けた。

「これでも私なりに温情をかけてきたつもりだ。ろくに屋敷から出ず、責務を果たさぬお前を静かに見守ってきたのは、私の可愛い娘であったからという理由に他《ほか》ならない」

「は、はあ」

実の父が娘を可愛いだなんだと甘やかすキャラではないと知っているので、発言に白々しさを感じてしまう。

「ラキア」

父は私の心を見透かしたように、視線をギラッとこちらに向けてきた。

「呪術士《じゅじゅつし》家門の者であるなら、呪いの一つや二つ、片付けてみせろ。そしてしっかり稼いでこい」

祓《はら》わざるもの、食うべからず。

呪術士家門プロヴォレオの教訓のひとつにそんな文言がある。

要するに「役たたずに食べさせる飯はない」という意味で、私なりにできることを精一杯取り組んできたつもりだった。

そう、この時までは。

私は帝国唯一の呪術士家門プロヴォレオ侯爵家の末娘だ。

容姿の特徴を挙げるなら、赤褐色の黒髪と鈍い光を宿す黄金の瞳を持っていること。これは家族皆に共通している色であり、帝国で極めて稀有《けう》な配色であることから、一目でプロヴォレオの血縁だと周囲に知らしめていた。

兄が五人いるけれど、甘やかされた記憶はあまりない。むしろ幼少の頃は、「そう気弱ではいざというとき呪いに対処できないぞ」と差し向けてきた呪い人形に追いかけ回され泣いた記憶のほうが色濃く残っている気がする。

そもそも「呪い」が何なのかといえば、簡単に説明すると「強い想《おも》いや、心に潜む欲望、悪意、感情」が負の方向に傾いて、力を得た状態のことをそう呼んでいる。

怪奇現象や厄災と別称されることもあるけれど、一括《ひとくく》りにそれはすべて呪いの一種。私が生まれたプロヴォレオ家とは、その呪いから発生する邪気の感知能力に長《た》けていることで、さまざまな呪いの対処を引き受けるかなり風変わりな家なのである。

私もそんな変わった家門出身の呪術士《カターシャ》であり、普段は対呪い用の解呪《かいじゅ》グッズや呪い除《よ》けの呪具《じゅぐ》を手作りで量産していた。

思えば物心がついたときから私の天敵は呪いだった。ケタケタ笑いながら襲ってくる呪い人形、恨み辛《つら》みがたっぷり込められた呪いの書物、誘惑して体を乗っ取ろうとしてくる物体を持たない呪幽霊《じゅゆうれい》。

小さなときからそんなものばかりに囲まれて育った私は、父や兄たちのように耐性をつけて逞《たくま》しくなるどころか、すっかり呪い嫌いのビビりになってしまった。

苦い記憶はまだある。七歳の頃、父に連れられ参加した誕生日パーティーで主役の子が大切そうに抱えていたアンティーク人形が呪わていたことがあった。私は恐る恐る「そ、それ、呪われてる」と指摘したのだけど、説明もなしに主役の子を侮辱してしまう形になってしまい他の子供たちから非難や罵詈《ばり》雑言を浴びることになった。

すぐに大人たちが気づいて父を呼び、解呪をしたことで事なきを得た。でも、その一件以来パーティーや同世代の子供の輪から距離を取るようになり、家にこもる生活が数年続いた。

どの程度の引きこもり具合かというと、今年で十八になるにもかかわらずデビュタントを済ませていないぐらいには、ずっと屋敷に居座っている。外に出るのは気分転換がしたいときのお散歩のみ。

……このまま黙々と内職業に勤《いそ》しめば、屋外活動は免除してもらえるかもしれない。

なんて期待していたのだけれど、淡く差し込んでいた希望は、父のひと声によって木っ端微塵《みじん》に打ち砕かれた。

祓わざるもの、食うべからず。なんて無情な教えなんだろう。

『出発は三日後。それまでに支度を整えておけ。呪いをどうにかしない限り、我が家門の境界を踏むことは許さないぞ』

「……お父様、容赦ないわ」

当主の采配を拒否するには納得させる理由がなければ不可能。

つまり行くしかない、行かなければならない。

そう、わかってはいる。

呪いを相手にする家に生まれて、一応自分も呪術士ではあるものの――。

「呪いなんて……勘弁してえええ!!」

いまだ呪いに強い耐性がなくビビっている私は、逃げられない状況に頭を抱えるしかなかった。

＊＊＊

皇都に広大な敷地を保有するアドラーベルグ公爵邸。

豪奢《ごうしゃ》な応接室。窓外に広がる庭園には、寒い冬を耐えた花々が芽吹き始めている。

「……」

つい先ほど公爵代理様への挨拶を終えた私は、近くのソファに座るよう促された。

テーブルを挟んだ正面には、同じく椅子《いす》に腰を下ろした無言の公爵代理様がいる。

ここまでの会話は一切ない。気まずい、非常に気まずい。

父に「呪いを片付けてこい」と言われて半ば強制的に送り出されたわけだが、そもそも私は家族以外の男性と話したことがほとんどない。

どうやって話を進めればいいんだろう……。

目すら合わせられず俯《うつむ》いてしまう自分が不甲斐《ふがい》ない。こんな状態で私ったら大丈夫なんだろうか。

「今回の件」

少しの沈黙が続き、先に口を開いたのは公爵代理様だった。

「プロヴォレオ侯に依頼を願い出たのは、俺《おれ》の伯父だ」

事前に父から渡された資料に書いてあったことを思い出す。

公爵代理様の父親、アドラーベルグ公爵が療養のため付き添いの夫人と領地に居住を移して以来、公私共に彼を支えている人物だと。そして公爵代理様が呪いをかけられた事実を知る二人のうちの一人なんだとか。あと一人は彼の従者らしい。

「呪いをかけられて一ヶ月、さすがに伯父も見ていられなかったんだろう。事後報告でプロヴォレオ家に呪いの対処を依頼したと言われたときは、ご子息のうちの誰かが請け負うのだと思っていたんだが……」

こちらを見据える公爵代理様の瞳が、予想外の人選だとわかりやすく言っている。

そうだよね、表に出たことがないこんな私が来たんじゃ拍子抜けだろう……って、ちょっと待って。

「いま、一ヶ月って言いましたか？　呪いをかけられて、一ヶ月？」

「それがどうかしたのか」

「し、信じられない！　そんな状態で一ヶ月も!?」

ゾッとして、驚愕《きょうがく》のあまり思わず立ち上がってしまう。

「……公爵代理様。呪印《じゅいん》があると聞きましたが、少し見せていただけませんか」

そうお願いすると、公爵代理様は左の袖《そで》を捲《まく》り、手首に浮き出た「呪印」を見せてくれた。

細い鎖のように手首を一周している印は、間違いなく誰かに呪われたことを示す証《あかし》だった。厄介なことに種類で分けると、呪った当人を見つけて解呪しないといけない類《たぐ》いのもの。

呪いの影響というのは人それぞれだけど、体に不調が出たり、精神を病んだり、とりあえず放っておいていいことは一つもない。ご挨拶したときから顔色が悪いし呪いの状態が禍々しいと感じていたけれど、一ヶ月も期間があったのならいつ正気を失ってもおかしくないはずだ。

正直、与えられた依頼だとしても初対面の人に意見を言うのは、とても緊張する。

……だけど。

「あ、あの。お話を途中で遮ってしまい申し訳ないですが、まずは呪いによって受けている影響の緩和をしませんか？」

「緩和？」

半信半疑な様子の公爵代理様を横目に、私は屋敷から持参した鞄《かばん》を開けて、必要なものを取り出した。

「これと、これと、あとこれも」

「それはなんだ？」

「呪療《じゅりょう》グッズです。主に呪いによって体調不良や心的負担がかかっている人に使うもので、リラックス効果もあります。食べ物やお茶に混ぜる粉状のものもあるんですが」

「……」

彼の反応から、口にするものには抵抗があることはすぐわかったので、今回は別の方法での緩和を試そう。

「香料、装飾、音の調べ。……目を閉じていただいても構いませんか？　これで少しは負担も軽くなると思うので……」

「……わかった」

公爵代理様はわずかに躊躇《ちゅうちょ》したあと、瞼《まぶた》をゆっくりとおろした。

彼の左手に呪い除けの刺繍《ししゅう》を施した腕輪を嵌《は》めて、あらかじめ小さな器に入れていた香を焚《た》き、小型のハープをぽろんと奏でる。

しばらくすると、蒼白《そうはく》だった公爵代理様の顔に血色が戻り始めた。

頃合いを見てハープの音を止めると、彼はハッと我に返った様子で驚きの声を上げる。

「体が軽い。久しぶりの感覚だ」

「ほ、本当ですか。ああ、よかった……呪いの念って気が重くなって嫌ですよね。私も呪い独特の重たい空気は本当に苦手で。ひとまず、緩和できて安心しました」

「治癒魔法や魔法薬を行使しても改善されなかった体調が、こんなにも簡単に改善されるものなのか」

「あー……そもそも魔法と呪いは畑違いといいますか」

どんなに強い魔法でも、呪いを打ち消す力はない。

魔法は魔力が働く一方で、呪いというのは怨念《おんねん》や負の感情、複雑な心の機微から生まれるもの。それに対抗するには気力に色をつけて発生させた呪力しかないのだ。

これは幼い頃に父や兄から口酸っぱく教えられたことである。

「君は一体……いや、まずは礼をするのが先だ。おかげで体が軽くなった。君を疑っていたことをどうか許してほしい」

謝罪とともに頭を下げられ、ぎょっとしてしまう。

貴族の男の人って、もっとプライドが高くて恐ろしいイメージがあった。だけどこの人は紳士的に接してくれている。私の中に走った衝撃は凄《すさ》まじいものだった。

「わ、私こそ、説明もそこそこに動いてしまって。呪いを滅する兄たちには及ばないかもしれませんが、呪いを解くことは人よりも覚えがあると思います。あの、どうぞよろしくお願いいたします！」

ゴンッ!!

勢いのまま頭を下げれば、思い切り額をテーブルに打ち付けてしまう。

「凄《すご》い音が鳴ったな」

「あああ、本当にすみません。家具に傷がついていないといいのですが」

「いやそうじゃないだろ……少し見せてくれ」

呆《あき》れ混じりの、けれど挨拶したときよりも砕けた声。

顔を上げると、青紫の双眸《そうぼう》がちらっと見えた。

幸い額は腫れておらず、公爵代理様はほっとしたように表情を緩めた。

「改めて頼みたい。ラキア嬢、俺にかけられた呪いの解呪に協力してほしい」

「は、はい。こちらこそ、公爵代理様」

勢いで動いてしまったものの、結果的に少しだけ信用を得られたみたい。

どうなることかと思ったけれど、話してみると公爵代理様はそんなに怖くはなさそう。むしろ自分の父親のほうが怖いというか。

「……。まずはその、公爵代理という呼び方を変えるべきだろうか」

思案する公爵代理様に、私は首をかしげる。

「呼び方？」

「伯父からは、君を俺の婚約者としてそばに置き、呪いをかけた人間の出方を探るようにと聞いていたんだが」

「そうでした……」

すっかり頭から抜けてしまっていた。

私は婚約者としてしばらくの間、アドラーベルグ公爵家にお世話になることになっているのだ。

「……」

「ラキア嬢？」

遠慮気味に名前を囁《ささや》かれ、肩が跳ねる。

何度見ても目に眩《まぶ》しい顔、加えて誰も文句のつけようがない家格、そして独身。

……今さらだけど、仮だとしてもこんな人の婚約者って、いろんな意味で命懸けな気がしてきた。

＊＊＊

皇室の傍系、帝国貴族の頂点。皇族を除いて最上位の地位を戴く家柄であるケイン・アドラーベルグは、公爵代理、魔法士団団長職、商会長職と三つの責務をこなす超人だ。

年齢は二十歳。結婚どころか決まった婚約者すらおらず、彼が常に貴族令嬢の注目の的だということは、社交界の噂《うわさ》話に疎い私でも知っている事実だった。

令嬢なら一度は憧《あこが》れるという、ケイン・アドラーベルグの隣に立つ権利と栄誉。

そんな人物だからこそ噂の回りは凄まじく早いもので。突然、数日前からケイン・アドラーベルグの隣を独占し始めた私のことは、瞬く間に貴族女性やそれ以外の耳にも入ることになったのだった。

「ちなみに、魔法士団内に親しい女性はいらっしゃるんですか？」

「いない。正直、女性を相手にするのは苦手なんだ」

思い出してげっそりとした反応を見せる姿に、わかりやすく日頃の苦労が目に浮かんだ。

そばで観察していて感じたけれど、相手に期待をさせないように素っ気ない態度を取っているのも、境遇のためなのだろうか。

「幼少から遊び相手として会っている皇女とは、それなりに会話が続く。それ以外は、よく話が噛《か》み合わなくなることが多い」

たしか皇女殿下は隣国の王族との婚約が決まって、今が大切な時期だと耳にした。

そして可憐《かれん》で清らか、誰にでも分け隔てなく接する聖女のような人だと。

皇女殿下は昔なじみということで話せるのだろうけど、たぶん他の人は顔面が強くて見惚《みほ》れてしまうんだと思う。

「国宝級な顔ゆえの苦労が凄そうですね……」

「国宝？」

「すみません、ひとりごとです」

よくある物語の展開なら、幼なじみの皇女殿下が怪しい、という考えにもなるのだけど。なんの根拠もなくそんなことを口にしたら、不敬罪で処罰されかねない。何より公爵代理様のモテ具合は尋常ではなく、彼に好意を持っていそうな女性の候補を挙げたらそれこそ切りがなかった。


……数日後。

その日の夜、私は公爵代理様改め、ケイン様の寝室を訪れていた。

理由は、彼が呪いを受けてから就寝時に感じるようになったという「嫌な気配」の正体を突き止めることになったからである。

「はあ、解呪と並行して、あんな人の婚約者のフリ……周りの視線が痛い」

ケイン様は席を外しており、椅子に腰掛ける私の口からは思わずそんな言葉が漏れる。

初めて挨拶をした日から数日が経《た》ち、私がケイン様の婚約者という話はかなり広まっているらしい。

手始めに魔法士団本部で呪いをかけた人を探れないかとお邪魔したときも、女性魔法士に親の仇《かたき》と言いたげな睨《にら》みを向けられてしまった。きっと私はいま多数の女性から恨みを買っているに違いない。

今回の依頼、単なる解呪だけなら私が仮初《かりそ》めの婚約者として振る舞う必要はなかった。

けれど状況はやや複雑、というか面倒で……なんでもケイン様に呪いをかけた人は、彼に強い好意を持っている女性という線が現時点でかなり濃厚になっているのだ。

父から渡された諜報《ちょうほう》班の事前資料には、ケイン様が一ヶ月前に出席した皇室主催の夜会についての詳細が書かれていた。

ケイン様が貴族女性に囲まれ身動きが取れない状態になったとき、全般照明石が割られるトラブルが発生し、会場が暗闇《くらやみ》に包まれたのだという。すぐにケイン様及び魔法士団員が対処に動いたので暗闇は数十秒と短い間だったらしいけど、隙《すき》をついて呪いをかけたとするなら、それが最も当てはまる瞬間だということだった。

また、夜会の数週間前から、商会窓口を通してケイン様宛に何十通にもわたるラブレターが送られていた。諸々の要素を鑑《かんが》み、暫定ではあるけれど的を絞った結果、私が婚約者（仮）としてケイン様の周りをうろちょろする役割を担うことになったのである。

「うまくできるかわからないけど、やるだけやらないと……」

ここまで来たのだから、自分にできることは頑張らないと。そうじゃなきゃ家にも帰れない。

「ラキア嬢」

「は、はい！」

不意に声をかけられる。

視線を動かすと、寝室に戻ってきていたケイン様が片膝《かたひざ》をついてこちらを覗《のぞ》き込んでいた。

「頭を抱えていたようだが大丈夫か？」

「だ、大丈夫です。少し考え事をしていただけなので、お気遣いありがとうございます」

そう言いながら少し目線を横に逸《そ》らす。

怯《おび》えるほど緊張はしなくなったけれど、やっぱりまだ慣れない。

しかも家族じゃない男性の寝室……なんだか居た堪《たま》れないので、深くは考えず自分のやるべきことに集中しよう。

「えっと、就寝時に感じる嫌な気配ですけど。おそらくケイン様は呪われたことで、さまざまな呪いを引き寄せやすい体質になっているんだと思います」

「引き寄せやすい、か」

「普通なら気づかないような些細《ささい》な呪いも、きっかけができたことで敏感になってしまう人が多いです。寝ている間に体が動かなくなったり、声や物音が聞こえてきたり。それも呪いの影響の一部です」

ケイン様は心当たりがある表情で頷《うなず》いていた。

とりあえず、その嫌な気配が現れるまではここに居座る必要がある。

そして呪いをおびき寄せるには、なるべく普段通りを装うのが一番ということで……。


「すみません。ベッドを半分お借りしてしまって……」

「これも必要なことなんだろ。むしろ、女性の君にこんなことをさせているほうが申し訳ない」

かれこれ小一時間。私たちは息を潜めて呪いが現れるのを待っていた。

薄暗い寝室で私はベッドの隅に横たわっている。少し距離を置いて反対側にはケイン様が同じように横になっている。服装は寝衣ではなく、ジャケットを脱いでシャツだけの状態だ。

「も、申し訳ないのは、私のほうです。嘘《うそ》でも私のような者が婚約者ということで、周りからいろいろと言われてしまっていますし。公爵家の評判が下がってしまわないかが心配です」

「君は、そんな風に思っていたのか？」

素直に考えを告げると、ケイン様の身動《みじろ》ぎを毛布越しに感じた。

「私はプロヴォレオの人間です。そんな気味の悪い女がそばにいるんですから、心配なのは当然です」

得体の知れない「呪い」の専門家である呪術士は敬遠されることがほとんど。昔から魔法士が覇権を握る帝国では、魔法第一主義の考えがあるためプロヴォレオ家は悪い意味で目立っている。

子供の頃、父に連れられ参加したパーティーで不気味だなんだと同じ年頃の子に言われたことがあった。

呪いだなんて恐ろしい、場違い、気味が悪いって。

父や兄たちのように言い返す度胸もなかったので、言われっぱなしだった記憶しかないけれど。

「確かにプロヴォレオ家は謎《なぞ》が多いため、印象に左右された噂も多く耳にする。それでも俺は、君を気味が悪いと思ったことはない」

また、毛布がかすかに動く。

少し低くなった声音。不思議に思いながらゆっくり首を横に向けると。

「……ケイン様？」

わずかに眉《まゆ》を顰《ひそ》めた表情で、いつの間にかケイン様は体を起こしていた。

何か言おうと口を動かそうとして——

「キキキキキキッ」

不協和音のような声が、前触れもなく室内に響き渡った。

瞬時に飛び起きた私の視界に入ったのは、寝室の扉の前でぽつんと立っている、人形。

「い、いやあああっ、出た――‼」

「ラキア嬢⁉」

驚愕のあまりベッド脇《わき》から落ちそうになったところを、素早くケイン様が抱き寄せてくれた。

「す、すみません重いですよね！」

「重くない、それよりあれは」

「そうです、で、出た、出ましたケイン様！　呪い人形、あれが嫌な気配の原因……ひい、笑いながらこっちに……⁉」

「呪い人形……ラキア嬢、どうすれば」

「ままま、まずは落ち着きましょう、ケイン様。おち、落ち着いて深呼吸を、ケイン様」

「この場合、落ち着くのは君じゃないか」

それは紛れもなく、呪い人形で。

私は半泣きになりながらも、腹をくくって呪い人形の解呪に移った。

「す、少し騒がしくしますがご容赦ください……」

すでに私のせいでかなり騒々しいけど、と思いながら枕の下に隠していた小型ハープを取り出す。

ハープを構えて短く息を吸い、音の粒に呪力を込めながら「呪歌《じゅか》」を唱える。

いつかの緩和とは違い、拘束と解呪の意を込めた呪歌は次第に呪い人形の動きを鈍くしていった。

やがて、邪気が一掃された呪い人形は、床にぱたりと倒れ込んだ。

「……いまのが解呪か？」

「解呪の方法もさまざまです。私の場合がそうですね、なるべく近づきたくないですし……呪歌を使うことが多いです。しっかり歌唱する呪歌もありますが、今回は呪文《じゅもん》寄りの……魔法でいうところの詠唱のようなものです」

解呪内容を説明し、再び呪い人形を一瞥《いちべつ》する。

……はあああ、怖かった。やっぱり呪いと対峙《たいじ》するのは何度経験しても慣れない。

夜が明け、解呪した人形を調べてみたところ、ケイン様の商会で売り出している子供向けファンシー人形の供試品であったことが判明。人形の作り手は人間関係に鬱憤《うっぷん》が溜《た》まっていたようで、その念が無意識に人形に入り込んでしまったのだろう。そして運が悪いことに、呪いがかけられているケイン様の気配に吸い寄せられていた、ということだった。

「念のため呪い除けの刺繍紐《ひも》を怪しい場所にくくりつけたので、ひとまずは大丈夫だと思います。夜も落ち着いて眠れるかと……」

解呪によってただのファンシー人形に戻った人形を抱えながら説明する。

「本当にもう動かないんだな。昨夜はあんなに禍々しい佇まいだったものが」

ケイン様は元呪い人形を興味深そうに見つめていた。

直接呪いと遭遇する人は極めて少ない。初めて見た人はたとえようのない嫌悪感に心を押し潰《つぶ》されてしまう人もいるのに、ケイン様は平然としている。

「ケイン様は大丈夫ですか？　呪い人形と対峙したわけですけど、気が滅入ったりとかは……普通の人ならなおさら恐怖が残ってもおかしくないんですが」

呪術士家門の人間であっても呪いを相手にして精神的にやられてしまう人がいるのだと言えば、ケイン様は思い出すように視線を宙へ投げた。

「さすがに驚きはしたが、見た目がうちの商品で拍子抜けしたというか……」

そう言いながら、ケイン様は私の顔をちらっと見た。

そして、顔を背けて小さく吹き出すような仕草をする。

「え、どうしました？」

「いや、少し……昨日《きのう》のラキア嬢のことを思い出したんだ。呪いが苦手だと聞いて半信半疑だったんだが、あの反応を見れば納得だな。おかげで恐怖より先に、君を落ち着かせなければと必死になっていた」

直後、顔の中心に熱が集まっていくのがわかった。

たしかに呪い人形を前に取り乱していたし、もはや私のほうが素人《しろうと》みたいな反応になっていたけれど。頑張ったのに、そんなところばかり印象に残されていたなんて。

……どんどん恥ずかしくなってきた。

「だが、その後の的確な解呪にも目を見張った。君がいてよかった、ありがとう」

ケイン様の笑い声にしょぼくれていれば、優しげな笑みとともにお礼を伝えられた。

「……ありが、え？」

面と向かっての感謝に慣れていなかった私は、瞬《まばた》きを繰り返してケイン様を見つめ返す。

本当に、本心で伝えていることがわかる綺麗な眼差《まなざ》しにどぎまぎした。

君がいてよかった。

そんな言葉をかけてくれる人がいるだなんて思わなかった。

私はプロヴォレオ家の人間で、嫌味や皮肉を言われることはあっても、優しい言葉をもらうことは子供の頃に一度もなかったから。

「あの、ケイン様」

いつ見ても輝くように綺麗な青紫色の瞳。

それを真正面から、じっと見つめ返す。

「？」

「私、呪いのことになるといつもビクビクしてしまって、家族からは叱《しか》られてばかりだったんです。こんなふうに褒められたこともなくて。だから、私なんかでもケイン様のお役に立てたのだと思ったら……すごく嬉《うれ》しいです。いてよかったと言ってくださって、ありがとうございます」

ケイン様の目をしっかり見返すことができたのは、じつはこの時が初めてだった。

「――あ、ああ」

遅れて返された声は、ほんのり戸惑いが含まれていて。

「ふふ、すみません。その、本当に嬉しくて、顔の緩みがなかなか戻らない……」

人前でこんなに笑ったのも初めてだった。

昔はプロヴォレオ家の娘ということで奇怪な目で見られ、表情もずっと引き攣《つ》っていた。

思えばそれが「不気味だ」と言われてしまう原因にもなっていたんだろうけど。

ケイン様があぁ言ってくれたおかげか、肩の力を抜いて自然と表情を浮かべられている。

そして、いつもは私が目を合わせられず逸らしていたのに、この時は違った。

「……気味が悪い、どころか」

ケイン様は片手で顔を隠すような仕草をしたあと、ぽつりと何か呟《つぶや》いている。

一度だけ視線が交差したきり、彼はどこか落ち着きなく床を見ているばかりだった。

＊＊＊

呪い人形による不眠症が改善されたケイン様は、睡眠もしっかり取れるようになって前よりも振る舞いに余裕が出てきた。

また、私が婚約者になってから縁談話や斡旋《あっせん》状が格段に減ったらしい。

初めは反感も大きかったようだけど、プロヴォレオ家に目をつけられてもいいことがないと思ったのだろう。今ではすっかりなりを潜めている状態だ。

うん、わかる……私も自分の父親に本気で睨まれたら、生きていられる自信がないもの。

だけど、こうなってくると別の心配も出てくる。

「無事に解呪に成功したあとが大変そうですよね」

少し前から恒例になっているケイン様とのティータイムでのこと。

私の何気ない言葉に、ケイン様が反応する。

「大変？」

「表向きは婚約解消という形で進めると聞いていますが、そうするとケイン様への縁談話がまた増えますよね」

たくさんの好意を集めてしまう立場のケイン様のことだ。婚約者がいなくなった途端、これまでの反動が凄いことになりそう。だからといって周りを騙《だま》し続けるのも気が引けるし、どうしようもないんだけど。

「ラキア様が長い期間こちらにいらっしゃれば、そういった話は上がってこないかと」

さらっと言ったのは、ケイン様の従者であるロセさんだ。

「私が長い期間を過ごすということは、解呪がうまくいかずにいるということではないですか。それはちょっとさすがに。……ケイン様、なるべく早く解呪できるように頑張りますから」

「頼もしいな」

ケイン様はふっと目を細めた。

ロセさんは無言でニコニコと笑い、追加の紅茶を注いでくれたあとに尋ねてくる。

「侯爵邸に戻られたあとは、さらにご依頼をお受けに？」

「以前なら、また屋敷にこもって呪具を作ることしか考えていなかったと思います。だけど、最近は少し悩んでしまうというか」

「なにか、やりたいことがあるのか？」

ケイン様に聞かれて、私は控えめに頷く。

「その、まずは友達を作りたいんです。本当はずっと憧れていたのに、なかなか自分から歩み寄るのが難しくて。でも、ケイン様とお話しするようになって、少しずつ家族以外の人と接するコツを掴《つか》めたというか」

「ああ」

ケイン様は軽く相づちを打って話を聞いてくれる。

前までは会話を続けないと、という焦りがあった。

でも、ケイン様の聞き方はそんな焦りを忘れさせてくれるのだ。

「ここに来てからティータイムが楽しいということにも気づけたんです。なので、友達ができたら一緒に好きなお菓子を持ち寄って食べたいなあ、とか」

「ラキア嬢とのティータイムなら、相手もきっと楽しい時を過ごせるはずだ」

「本当ですか？　ふふ、そうだといいんですが」

少し照れくさくなりながら、テーブルに置かれたいちごタルトを見る。

いちごタルトはケイン様お気に入りのケーキだ。

ロセさんによると、最近まで甘いものは控えていたそうだけど、ティータイムの場を設けるようになってからまた口にするようになったという。

「商会長、少々よろしいでしょうか」

ティータイムも終わりに差し掛かり、ケーキの皿が空になる。

そこへ商会の関係者が訪ねてきて、ケイン様は席を立った。

ケイン様のそばに立って周りに目を向けることが私の仕事だけど、雰囲気的に大切な話のようだったので、今回は同行せずその場に残った。

応接室で対応するようだし、危険はないはずだから。

残された私は、ケイン様が出ていった扉を横目に呟いた。

「ケイン様は、相変わらずお忙しいですね」

「ええ。しかし、ラキア様がいらっしゃることで、ほどよく息抜きができているようですよ。険しいお顔をされることも減りました」

……公爵代理、魔法士団団長、商会長。三つの役目を担う彼は、責任感が強く半端を許さない。

その姿勢の裏には、療養中の公爵の代わりを果たそうとする強い気持ちがあるのだという。

けれど、ロセさんの話では、こうして一緒にティータイムをすることで休息を取るようになり、顔つきも穏やかになってきたそうだ。

ケイン様の幼なじみでもあるロセさんは、それをいたく喜んでいた。

付き合いが短い私でも、ひたむきな姿には胸を打たれる。

ふと、私の中で疑問が生まれた。

このまま解呪がうまくいって、偽物の婚約者でもなくなったら……ケイン様は、私の友達になるんだろうか。

友達。なぜだかあまり、しっくりこない。

世間的には婚約を解消した二人なので、話したり会ったりすることは難しくなるのかな。

それを想像すると、なんだか寂しい気持ちになる。

「ラキア様、どうかされましたか？」

「あ、いえ。ちょっと考え事を」

違う違う。まずは、目先の問題が最優先！

呪い人形から解放されたとはいえ、相変わらずケイン様の手首には呪印がある。

そして不気味なのが、どれだけ調べてもこの呪印は周囲の呪いを引き寄せる特性以外、効果をいまだに確認できていないこと。

難病を患う呪いとか、死を呼ぶ呪いとか、服従の呪いとか。

呪いには何かしらの予兆があるのに、ケイン様にかけられた呪いにはそれが一切ない。

つまり、私が呪い除け道具を駆使している間は、ケイン様も大きな影響を受けることはなく平穏に過ごせている。

とはいっても呪いをかけた本人を見つけ出さないと、彼の呪いは解けない。

婚約者といってケイン様の隣に立っても、これまで浴びてきた視線は小さな嫉妬《しっと》ばかりで、これといった人が現れることはなかった。

……早く何かしらの手がかりを見つけないと。

＊＊＊

さらに数日が経ち、私は皇都の一等地にある婦人服店にいた。

「綺麗なドレスがたくさんですね。夜会ドレスはどれがいいんでしょう」

「今回は皇女殿下主催の夜会だ。格式ばったことを嫌う方だから、どんなドレスでも問題ないだろうが……」

ケイン様は真剣な顔で店内のドレスを物色し始めた。

ここはケイン様が商会長を務める「イグルス商会」の店舗。今日は皇室からアドラーベルグ公爵家に届いた夜会の報《しら》せを受け、急遽《きゅうきょ》当日着るドレスを探すために店舗にやって来たのだ。

まさか、デビュタントすら終えていない私が、皇女様主催の夜会に出席することになるだなんて。

最初の頃よりも社交性が身についてきたと言っても、きらびやかな夜会に足を踏み入れるとなれば話は別だ。

だけど、どうやら今回の夜会の出席者は、ケイン様が呪いをかけられた夜会に出席していた招待客とほぼ似たような面々らしい。

すなわち、ケイン様に呪いをかけた人が来ているかもしれないということ。

そうだとわかっていて欠席なんて、できるはずもない。

「ラキア嬢」

「あ……はい」

何着か候補のドレスを店の人に持たせたケイン様は、壁に寄っていた私を心配そうに見ている。

「顔色が悪い。無理をしているだろ」

そんなことない、と言おうとしたけれど、ケイン様の目はすべてを見透かしているようだった。

ケイン様だって私がデビュタントに参加せずにいたことを知っているんだし。見栄を張って変に嘘をつく必要もない。

「ケイン様、先に謝らせてください。夜会で粗相をしてしまったらすみません」

「先に謝ってしまうところが君らしいな」

「だ、だって、皇女殿下の夜会なんですよ？　社交界になじみがない私が、加えてプロヴォレオの私が、歓迎されるはずないじゃないですかっ。どんな目で見られるかと想像しただけで身震いが止まらないです」

思わず前のめりで話す私に、なぜかケイン様は眉を下げて笑っていた。

「君は焦ると口数が多くなるな、それと少し口調も崩れる」

「よくご存じですね。父からは小煩《こうるさ》いとよく叱られていました」

「はは、手厳しいな」

ケイン様は小気味よく笑っている。少し離れたところで控えていた男性店員は目を丸め、女性店員は不意打ちの表情に頬《ほお》を染めて惚《ほう》けていた。出たわ、国宝級。

「でも、たしかに小煩いなという自覚はあるんです。以後気をつけます」

「気をつける必要があるのか。それが君の素に近いものなんだろ、俺はそれでいい」

どうしてちょっと嬉しそう……いや面白そうにしてるのこの人。

「……それと、言ったはずだ。俺の迷惑を考える必要なんてない。周りの心ない言葉こそどうでもいい。君が夜会に出席するのは、当然の権利だ」

そう断言してくれるケイン様は、私にドレスを差し出した。

「綺麗……」

ベージュ色を基調とした美しい生地が繊細に縫い合わされている。

思わず声が漏れた私に、ケイン様は「これが一番、君に似合うと思う」と言ってくれた。

素敵すぎて似合う自信は正直ないけれど、彼が選んでくれたということを考えれば自然と嬉しくなって。さすが衣装類の販売を手掛ける商会の責任者、サイズはぴったりだった。


ドレスが無事決まり、私は休憩用のソファに座ってケイン様を待っていた。

本当にあのドレスで夜会に行くんだ、とドキドキしていると、背後から声をかけられる。

「婚約者様と仲睦《なかむつ》まじく過ごされているようで安心いたしました」

「？　……え、ハイドン!?」

振り向くと、そこには父の側近のハイドンがいた。

年齢は五十代の父と変わらないはずなのに、どう見ても彼は二十代後半の見た目をしている。

父共々、本当に人間なのかと疑うレベルで老化具合がおかしい人だ。

「どうしてこんなところにいるの？」

「お嬢様がしばらくお帰りになっていないので、ご様子を見てくるようにと旦那《だんな》様から仰せつかりました」

「お父様が？」

「はい。お元気そうでなによりです。それに、婚約者様との一時をとても楽しんでいらっしゃる。旦那様によいご報告ができそうです」

「いい報告って、普通に話していただけでしょう」

どんな報告をするつもりなんだろう。

微笑《ほほえ》ましそうな顔をしているハイドンは、おや、と首を傾けた。

「何をおっしゃいますか、お嬢様。普通どころか、あの方に恋をしていらっしゃるでしょう？」

こい、コイ、恋？

言葉を理解するのに三秒、時間がかかった。

意味がわかって、それから遅れて、心臓が大きく跳ね上がる。

「な、何を言って――」

「ラキア嬢」

「っ！」

いつの間にかハイドンの姿はなく、代わりにケイン様が戻ってきていた。

「いまのは、知り合いか？」

「い、いまの、あ、そうです、知り合い」

あんな会話のあとでは、うまくケイン様の顔を見ることができない。

火照る頬に手を当て、どうにか冷やそうと試した。

それでも収まる気配がない。

「あの人は、私の――」

家族のようなもので、父が最も信頼する側近。

そう言おうとしたのに、ケイン様と目が合いそうになって、不自然に顔を逸らしてしまった。

「か、帰りましょう。ドレス、ありがとうございます」

「……っ」

「ケイン様？」

振り返ると、ケイン様は手首を押さえて立ち止まっていて。

けれどすぐに「なんでもない」と言って、歩き始めた。

びっくりした。

恋をしているだなんて、指摘されたことに。

本当に、びっくりした。

恋をしていると言われて、否定ができないことに。

せっかく目が合うようになったのに、また、あの綺麗な青紫色の瞳を見ていられなくなってしまった。

＊＊＊

皇女殿下主催の夜会当日。

社交界シーズン前に開かれる最も盛大なパーティーということで、多くの招待客が会場に顔を連ねている。

「ラキア嬢、手を」

「は、はい」

おずおずと、掌《てのひら》に自分の手を添える。

「ひ、人がたくさんですね」

「そうだな」

ケイン様への想いを自覚してからというもの、ずっとギクシャクしていたように思う。

私が一方的に顔を見られなくなっていただけなのだけれど、なんだかケイン様も心ここに在らずというか、考え事が増えて口数が少なくなっていた。

そんな状態で挑んだ夜会。本当なら子供の頃以来のパーティーにもっと震え上がっていたはずだが、ケイン様に気を取られてしまうあまり緊張が二の次になっていた。

入場してすぐ、私たちは皇女殿下に挨拶をするため主催席に向かった。

周りの視線を感じながらも会場を進んで段差を上がり、スカートの裾《すそ》を掴んで頭を下げる。

「ケイン、よく来てくれたわ」

「皇女殿下に拝謁いたします」

「もう、堅苦しいのは必要ないと言っているのに」

「そういうわけには。——それと殿下、こちらが婚約者のラキアです」

「初めてお目にかかります。ラキア・レティ・プロヴォレオです」

「まあ、あなたが。わたくし、ずっと会ってみたかったのよ」

皇女殿下はとても可愛らしい人だった。

まるで花が咲くように微笑み、私の手をそっと握ってくれる。

「ケインは幼い頃からわたくしの遊び相手だったの。だから、婚約者を迎えたと知ったときは驚いたわ。前々から交流はあったのかしら」

チクッ。

ふと、手に違和感を覚えた。

肌を刺すような鈍い痛み。でも、特に傷があるわけじゃない。

「…………！」

視界の端に、黒い塵が見えた気がした。

「ラキア嬢、どうした？」

「い、いえ……皇女殿下があまりにもお綺麗で……」

私は言葉も途中のまま、恐る恐る視線を落とす。皇女殿下の手首を確認するために。

だけど確認することはかなわない。皇女殿下の左手首は、レース素材の手袋によって覆われていた。

一見するとただの手袋。だけど、隙間《すきま》から縫うように邪気が外へ流れ出ている。

「皇女殿下。あ、の、大変失礼かと存じますが」

「え？」

「そちらから嫌な気配を感じるのです……」

「あなた、いきなり何を言うの」

皇女殿下の冷ややかな瞳に睨まれる。

威圧を放った声は主催席のみならず遠くまで響き、出席者は何事かと目を見合わせた。

「けれど、たしかにこれは邪……いえ、少しでいいのです。左の手袋を、外してみてくださいませんか」

「いくらケインの婚約者でも、いきなりそのようなことを言うだなんて無礼だわ」

無礼なことは承知のうえだった。

けれど、ひしひしと感じる呪いの気配を無視することができなくて。

「どうして皇女殿下の手首から、ケイン様と同じ呪いの気配がするのですか……？」

「おかしなことを言わないでちょうだい。ケイン、あなたの婚約者というから目を瞑《つむ》っているのよ。本当ならこんな頭のおかしなこと――」

「殿下。彼女の言う通り、手袋を外してはいただけませんか」

彼は、冷静な面持ちで皇女殿下に願い出た。

「ケインまで、どうして！」

「俺の婚約者は、理由なく相手の気分を害するようなことを言う女性では決してありません。それは一緒に過ごしている自分が十分理解しています」

「ケ、ケイン？　なぜ、わたくしではなく、その子を庇《かば》うの……？」

皇女殿下はショックを受けた顔をする。

そのままふらっと一歩後ろにさがると、失望した様子でぶつぶつと呟いた。

「やっぱり、あなたはその子を好いているのね。ひどい、わたくしはずっとケインを想っていただけ……どうしてこうなるの。わたくしはただ、心だけでも繋《つな》がっていたかっただけよ。それなのに、伝わってくるのはあなたがその子に惹《ひ》かれているという事実ばかり、こんなはずではなかったのに。わたくしが知りたかったのは、そんなことじゃなかった」

「……」

「呪いだなんてひどい、ひどいわ」

心の繋がり、呪い。

私はハッとして、ある可能性を思い出した。

「殿下、失礼をお許しください」

「なっ、やめて……！」

ケイン様は皇女殿下の手首を掴み、左手の手袋を抜き取った。

白く細い手首には、ケイン様の手首にあるそれと同じものがある。

呪印とは……少し違う。

それは、強い力を持った「おまじない」の印だった。

＊＊＊

まさか思わないじゃない。

「よくある物語の展開なら」で考えていた通りの結果になるだなんて。

呪いの歴史は、人の歴史。

そう伝えられているほどに切っても切れない縁がある。

人の数だけ生まれる欲や願い、意志の強さが変化して「呪い」となり、昔は誰にでも手が出せる「おまじない」から、呪いに変化してしまう事例が多くあった。

皇女殿下がケイン様にかけていた呪いも、元々は強い願いのおまじないから生まれたものである。

婚約が決定しいずれは隣国に嫁ぐことを義務付けられた立場。目まぐるしく変わる環境に精神的に滅入っていた皇女殿下は、せめて好きな人と心だけでも繋がりたいと願って「恋のおまじない」に手を出した。

だけど、純粋な気持ちばかりではない。自分以外の誰も好きになりませんように、良い相手なんて現れないで、自分のことを想ってくれますように。願いに負の感情が混ざり合った。

そして一ヶ月前のパーティーで偶然起こったトラブルをケイン様は魔法で対処し、彼の魔力と反応し、同時に負の感情に傾いていた「恋のおまじない」は、皮肉にも呪印を刻んでしまった、ということだった。皇女殿下は「恋のおまじない」が「呪い」に変化していたことを知らず、ケイン様の身を脅《おびや》かしてしまっていたというのも彼女にしてみれば不本意なことだったという。

それから送られてきた殿下直筆の手紙には、自分の問題に巻き込んでしまったことや、私やケイン様に対しての謝罪が綴《つづ》られていた。


夜会から日が経ち……途中で中止された夜会の詳細や、皇女殿下の様子を知らせに来てくれたのは、ハイドンだった。

皇女殿下の呪印は父がすでに解いたので、効果を失ったケイン様の呪印を解けば解決。

夜会で皇女殿下が発した言葉は多くの出席者に聞かれており、皇女殿下が呪いに関わっていたという事実と、それを私が突き止めたという話が至るところに広まっているようだ。

嘘の婚約関係も勘づかれると思ったけれど、案外そんなことはなく。ケイン様の婚約者として皇女殿下に拝謁した際に、たまたま皇女殿下の違和感に気づいた私がその場で呪いを突き止めた、という都合のいい解釈だけが広まっていた。きっと父の仕業だろう。

「では、私は旦那様の元に一度戻ります」

「いろいろ教えてくれてありがとう、ハイドン。私も近いうちに屋敷に行くから」

「はい。それでは公爵代理、失礼いたします」

「ああ、ご足労いただき感謝する」

応接室を出ていくハイドンを見送ったあと、ケイン様の横顔を窺《うかが》うとなぜか困惑していた。

「ラキア嬢、彼は」

「ハイドンですか？　私の父の一番の側近で、小さい頃から知っている家族のような人です」

「側近で、家族のような……君の好きな相手？」

「……は⁉」

聞き間違いかとケイン様を凝視する。

でも、どうやら彼も混乱しているようで疑問いっぱいの表情をしていた。

「私の好きな人が、どうしてハイドンなんですか！」

「いや、婦人服店で話していたのは彼だろ。君の反応からてっきりそうだと」

あの時の挙動から、ケイン様は私がハイドンを好きだと解釈したらしい。とんでもない勘違いだ。

私は慌てて弁明する。慌てるあまり、考えなしに口を滑らせてしまった。

「わ、私があの時考えていたのは、ケイン様のことでっ。ハイドンが急に恋をしているとかなんとか言うから、あなたの顔が見られなくなってしまって――あ」

「俺の」

言葉の真意を読み取った彼は、みるみる瞳を開いていく。

穴があったら入りたい気持ちでしゃがみ込むと、追い討ちをかけるようにケイン様が「それは本当か」と片膝を立てて聞いてくる。この甘酸っぱい感情に不慣れな私は、もうどうにでもなれという思いのままに、

「そうですけども……っ」

と、顔を真《ま》っ赤《か》にして叫んだ。

「……」

突然の沈黙。なぜかケイン様は何も言わずにいる。もしかして迷惑に思われてしまったのだろうか。女性たちの好意に苦手意識を持っていた彼のことだ。私にこんなことを言われて、困らせてしまったんだ。そう考えると一気に不安が押し寄せてくる。

それでも、ケイン様の様子が気になって顔を上げると――。

「ケイン、様？」

視界に広がる喜悦に満ちた彼の表情が鼓動を速めていく。いつからそんな顔をして、私は見られていたんだろう。漂う優しげな空気と妙な気まずさに、なんだかもっと恥ずかしくなった。

そして視線が絡んだ瞬間、ケイン様は口を開いた。

「笑ってくれて構わない。勘違いとはいえ、君の父親の側近に嫉妬していたんだ。君があんなにも恥ずかしそうに……可愛らしい顔をしていたから、君にそんな顔をさせている男は一体誰なんだと」

「私が……かわ、え？」

「最初は呪いを前に震えながらも立ち向かう姿に敬意を感じていた。でもそれだけじゃない。いつの間にか君が俺に少しずつ笑顔を増やしていくたび、どうしようもなく嬉しくなっていた」

紡がれる言葉の甘さに心臓がどうにかなりそうだった。でも、ケイン様が慣れない言葉を選んで伝えようとしている気持ちが伝わってくるから、聞かずにいることなんてできない。

「夜会での殿下の言葉で、気づかれていたかもしれないが」

優しくて、嬉しそうな声が耳に響く。

「俺も、君に惹かれている」

「全然、気づきませんでした」

ケイン様はふっと困ったように笑った。

「でも……」

これだけはいまどうしても伝えなければいけないと、強く思った。

「私も、同じ気持ち、なんです」

「同じ……そうか、同じなんだな」

顔を上げて飛び込んできたケイン様の表情は、この上ない幸福に包まれていた。


ケイン様の呪印も無事解かれ、私の婚約者（仮）としての役目は終わり——。

「……うちの父と臆《おく》せず話せるなんて凄いですね、ケイン様」

「ラキアが可愛くて仕方ないんだろう。娘を嫁に出す父親のような眼光で睨まれた」

後日、私は正式にケイン様の婚約者として隣に立っていた。

無自覚な俺の婚約者

琴乃葉《ことのは》

ill. 鳥飼《とりかい》やすゆき

「まずい、浮気がバレた」

青い顔で頭を抱えるのは俺《おれ》の学友。

下校を促す鐘が鳴る中、一番後ろの窓際の席に突っ伏し悲壮感漂う声を出している。

「おい、ヴィル、どうしたらいいんだ？」

「そんなこと俺に聞かれてもなぁ」

「いやいや、お前、何度も浮気バレてんじゃん。それでもうまくいく秘訣《ひけつ》って何？　いったいどうやって許して貰《もら》っているんだ？」

この世の終わりって顔で聞いてくる友人に、俺はもったいぶってため息を一つ吐《つ》く。

二階の教室の窓から下を見れば、下校する生徒が新緑の中庭を通り抜け門へと向かう姿が見える。

白く塗ったレンガをアーチ状に積み重ねた門は、朝こそ口やかましい教師が立っているが、下校時は不在。その門の前にはずらりと迎えの馬車が並んでいる。

そんな中、馬車の列の合間を歩く一人の令嬢の姿が目に入った。グレーの上質な生地の制服に赤いリボンをきちんと結んだ俺の婚約者は、御者の手を借り馬車に乗り込む。真面目《まじめ》なあいつのことだ、まっすぐ家に帰り家族団欒《だんらん》の夕食を楽しむのだろう。

俺は視線を友人に戻し、『秘訣』を教えてやることに。

「そんなの決まっているだろう。アンネリーナが俺にベタ惚《ぼ》れだからだよ」

「何だよそれー」と友人が頭を掻《か》きむしった。

「何であんなに可愛《かわい》くて素直ないい子がお前にぞっこんなんだ」

「そりゃ、顔？」

「あぁ、むかつく。これだから顔のいいやつは。でも、謝罪ぐらいしてるんだろ」

窓ガラスに映る俺の銀色の髪は、夕陽《ゆうひ》のせいか普段より赤味を帯びて見える。それが翡翠《ひすい》色の瞳《ひとみ》によく合っていると思うのは自惚《うぬぼ》れではないだろう。

謝罪ならもちろんしている。貴族の婚姻は契約に等しく、婚約の際には契約書も作成する。そこには不貞があった場合の婚約破棄や慰謝料も決められているが、俺の場合はそれだけではない。

「浮気していた期間、相手の名前、謝罪の文言を書いてアンネリーナに渡せば、許しますとサインしてくれる。それで終わりだ」

「何それ、天使かよー」

机にゴツンゴツンと頭を打ちつける友人を俺は優越感たっぷりで見下ろす。だって俺には、俺を愛してやまない婚約者がいるのだから。

▲▽▲▽▲▽▲▽

「随分たまりましたわね」

自室で机に向かいながら、ハーレスト子爵家の令嬢アンネリーナはポツリと呟《つぶや》く。

湯上がりで少し湿ったブロンドの髪を軽く掻き上げると、月明かりの下できらりと輝き、すぐに肩から滑り落ちた。

伏せていた紫色の瞳を上げると、先程まで読んでいた書類を他《ほか》の書類と一緒にして角を丁寧に揃《そろ》える。手にしているのは、婚約者ヴィル・レイモンドからこれまで渡された浮気の証明書。

浮気の証明書、なるものが一般的に存在するものかは分からないが、兎《と》に角《かく》、今日《きょう》そこに新たに一枚が加わった。

レイモンド伯爵家の印紋が押されたそれは、合計八枚、いや九枚になった。

アンネリーナは十八歳。婚約したのは十五歳だから、三年でこれだけの枚数となったのは大したものと言えるだろう。決して褒められたものではないけれど。

もともと裕福とは言えないハーレスト子爵家であったが、数年前の洪水被害を受けとうとう領地経営が回らなくなりお金を借りたのがレイモンド伯爵家。

レイモンド伯爵はアンネリーナとその妹の貴族学園への入学金と授業料を肩代わりするから、次男であるヴィルを婿《むこ》養子にしないかと婚約を持ちかけてきた。これに対しハーレスト子爵は二つ返事で答え、アンネリーナとヴィルの婚約は成立した。

貴族間では珍しくないよくある話。決定事項として伝えられたアンネリーナも「分かりました」と微《ほほ》笑《え》み承知した。

「卒業まであと半年もないのね。わたくしが卒業すると同時に妹が入学、……でもこれできっと大丈夫だわ」

長年背負っていたものがやっと下ろせると、アンネリーナは伸びをしてふぅと長く息を吐く。

そのあと、机の上に積み重ねられた参考書をちらりと見て、いつまでもこんな書類に関わっていてはいけないわと気持ちを切り替える。書類を封筒に入れ立ち上がると、クローゼットの奥にある金庫に大事にそれをしまった。

数日後、王家主催で開かれた夜会にアンネリーナはヴィルと一緒に来ていた。

普段はアンネリーナを夜会に誘わないヴィルだが、社交シーズンの始まりとなる今夜だけはそうも言っていられなかったようだ。

父親に言われ仕方なく同行するのだと尊大な態度で迎えにきたヴィルに、アンネリーナは嫌な顔一つせずに微笑んだ。

それを見てヴィルは傲慢《ごうまん》な笑みを浮かべ、ファーストダンスを踊ったあとはアンネリーナを置いてさっさと人混みに消えていってしまった。

「アンネリーナ、ヴィルがまた他の令嬢を口説いているけれどいいの？」

一人取り残されたアンネリーナに声をかけてきたのは同じクラスのスーザン。今日は茶色い髪をふわりと結い上げ普段しない化粧もしている。

その隣にはスーザンの幼《おさな》馴《な》染《じみ》のセドリックも。いつもはさらりと下ろしている黒髪を軽く後ろになでつけているからか、海の底のような青い瞳がはっきりと見え、近くにいた令嬢がぼぅっと見とれている。

入学当時から同じクラスの二人はアンネリーナに対するヴィルの態度に不満を持っており、何度もヴィルに対し婚約者を大切にするように言った。しかし当のアンネリーナはその様子をひとごとのようにのんびりと眺めるだけで、浮気を繰り返されてもにこにこ笑って許していた。

　そんなやり取りが続いて二年半、今日だってアンネリーナは立ち去った婚約者より、会場の隅に用意された甘い匂いのお菓子が気になっている。

「いいの、もう慣れましたもの。それより三人でケーキを食べませんこと？」

「もう、貴女《あなた》は婚約者なのよ。もっと自覚を持って怒るべきだわ」

「婚約者の自覚、と言われましても」

　頬《ほお》に手を当てコトンと首を傾《かし》げるアンネリーナにスーザンは眉間《みけん》を押さえる。

「貴女は人が良すぎるというか鈍いというか。ちょっとぼんやりしすぎていると思うわ」

「スーザン、アンネリーナを叱《しか》っても仕方ないだろう。それより俺もあのケーキが気になる、アンネリーナ一緒に行こう」

「あら、セドリックも甘いものが好きなのね」

「最近頭を使うことが多いせいか、脳が糖分を欲するんだよ」

「分かるわ。わたくしも同じだもの」

　二人の会話にすっかり毒気を抜かれたようにスーザンは肩を竦《すく》め、次いで訝《いぶか》し気にセドリックを見た。

「セドリック、貴方《あなた》との付き合いは長いけれどいつから甘党になったの？　まぁいいわ、二人とも頑張るのは良いけれど、根を詰めすぎないでね」

「分かってるよ」

「スーザンは心配しすぎですわ。人は一晩寝なくても平気なのよ」

「アンネリーナ！　睡眠不足はお肌の天敵。きちんと寝なさい」

あらあらそれは大変と頬に手をあてむにむに引っ張るアンネリーナに、スーザンの心配は増し、セドリックは相好を崩した。

きらびやかなシャンデリアの下、噂《うわさ》と欲と建前が飛び交う会場で、三人の周りだけは昼下がりのティータイムのような長閑《のどか》な空気が流れ続ける。

そんな中、一人の令嬢がセドリックに声を掛けてきた。それは珍しい光景ではなく、アンネリーナとスーザンはスッとその場を離れる。ここで出しゃばると面倒事に巻き込まれてしまうのを経験上知っているし、セドリックはいつも当たり障りなくうまく断る。

「セドリックは相変わらずもてるわね」

感心半分、呆《あき》れ半分でスーザンが呟けば、アンネリーナが頷《うなず》き同意する。

「だって格好良いし優しいもの」

「アンネリーナ、それ本人に言ってあげたら？」

「あら、いつも言っているわ。だって本当のことだもの」

「……そうだったわね」

言われる度に喜んで、最後の「自慢の友人ですわ」の言葉に項垂《うなだ》れるセドリックの姿は、同情を誘うものがある。その度にスーザンが励ましの言葉を掛け、アンネリーナが不思議そうにその光景を見ていた。

アンネリーナはセドリックから視線を逸《そ》らし壁の大時計を見る。

「あら、もうこんな時間だわ」

その瞳には、大時計の前で踊るヴィルと赤い髪の令嬢の姿も目に入っているはずだけれど、認識したのは時計の針だけ。

「……スーザン、わたくし帰りますわ」

唐突の言葉にスーザンは驚いたように目を大きくするも、アンネリーナの視線の先に踊るヴィルを見て納得したように頷いた。

二人の距離は、周りで踊る人と比べても明らかに近かった。顔と顔がくっつきそうだ。近いにも程がある。

「分かったわ。貴女にも婚約者としての矜持《きょうじ》と怒りがあったのね。寧《むし》ろほっとしたわ。今回こそヴィルをしっかりと責めるのよ、私はいつでも友人として力をかすわ」

力強く肩を叩《たた》かれて、アンネリーナは、はて、と首を傾げる。何やら勘違いされていそうな気もしないではないけれど、まぁいいかとのんびりと思う。

では、また明日《あした》と長閑に手を振り会場を後にした。

大きな扉を開け、ピンク色のドレスの端を摘《つま》んで階段を下りていると、背後から自分の名を呼ぶ声が聞こえてきた。

「待って、アンネリーナ」

呼ばれて振り向いた先には、せっかく整えた髪を少し乱したセドリックがこちらに向かって走ってくる。

「あら、どうしましたの？」

「いや、スーザンから君が帰ると聞いたから。心配して追いかけてきたんだけれど……大丈夫そうだな。送るよ」

「セドリックはダンスをしないの？」

「一緒に踊りたかった人が帰るみたいなので」

「あら、それは残念ね。でも、セドリックは格好良いし次がありますわ」

アンネリーナの言葉にセドリックは何故《なぜ》か顔を赤らめつつも、肩をがくりと落とした。アンネリーナは、はて、と小首を傾げるも「そうだ、授業で分からないことがあったの」と全く違う話題を口にする。

「その話なら、子爵邸まで送るから馬車の中で話を聞くよ」

そう言って、セドリックは自分が乗って来た侯爵家の馬車へとアンネリーナをエスコートしてくれる。

アンネリーナは婚約者のいる身。馬車の中での二人の距離は適正なものだし、話題は勉学のこと、もちろん子爵家へちゃんと送り届けてくれた。

夜会から数日後。

中庭のベンチで、スーザンとセドリックと一緒に昼食を摂《と》っているアンネリーナのもとにヴィルがやってきた。

アンネリーナは食べかけのサンドイッチをランチボックスに戻し立ち上がる。

「ヴィル様、どうされましたか？」

「明日の茶会だが用事ができて行けなくなった。すまない」

ヴィルはアンネリーナの背後から飛んでくる咎《とが》める視線から目を逸らせ、きまり悪そうに靴先を見る。しかしそれも僅《わず》かな時間。ほぼ間髪無く返ってきたアンネリーナの言葉にパッと顔を上げた。

「分かりましたわ」

「そうか、すまない。でも、怒っているだろう？」

「まさか、だって、それで婚約解消はなさらないでしょう？」

「ああもちろん」

ヴィルの答えを聞いてアンネリーナは嬉《うれ》しそうに微笑む。

さらには、居心地の悪さにそそくさと立ち去ったヴィルの背中に手まで振る始末。

それを見ていたスーザンは腹立たし気にカップの紅茶を飲みほした。

「アンネリーナ、どうして怒らないの？」

「だって謝ってくれましたし」

「もっと婚約者としての自覚を持って！　最近、ヴィルは赤髪のレイナという令嬢とよく一緒にいるのよ」

「あら、新しいお友達かしら」

ふわりと笑いながら再びベンチに座るアンネリーナを見て、この場合のお友達とはどういう意味かとスーザンは考えた。捉えようによっては嫌味に聞こえるも、美味《おい》しそうにサンドイッチを頬張《ほおば》る顔から悪意は感じられず。

「十中八九、貴女の言うお友達ではないわ」

「俺は流行のカフェで二人を見かけたよ。アンネリーナ、一度ちゃんと話をしたほうがいいと思う」

急に真剣な顔をしたセドリックに言われ、アンネリーナは不思議そうに瞳をパチリとしたけれど、それもそうかと素直に頷いた。

「聞くのでしたら早い方がいいですわよね」

「そうだな、明日にでも時間を作って……。一人で行くのが心細いなら俺が一緒に付いていくよ」

「いえ、今から行くわ。あっ、でも食事を終えてからにしましょう」

そこはしっかり食べるんだ、と口に出さず二人は思う。しかも、アンネリーナの急いでは人並み以下で、食事を終えた頃《ころ》には休憩時間は残り十分となっていた。

アンネリーナは普段行かない二階のヴィルの教室へと向かう。

一階にある自分の教室より眺めが良いわ、とさっきまでいた中庭をのんびり眺めていると、廊下の向こうからヴィルがやってきた。普段と違う甘い香水の香りがしないでもないけれど、春だしね、とさらりと流す。

「どうしたんだ、アンネリーナ。この階に来るのは珍しいな」

「はい、ヴィル様に会いにきました。どちらに行かれていたのですか？」

　この学園は成績によって同じ学年でも階が異なる。最上階の三階に行ったことがないアンネリーナはここよりもっと眺めが良いのだろうな、と思う。

「ちょ、ちょっと旧校舎へ」

「それはレイナさんという方と一緒にですか？　先程友人からヴィル様が流行《はや》りのカフェで御令嬢とお茶をしていると聞きました」

「あ、あぁ、そうだ。でもやましいことはない。相談に乗っていただけだ。レイナとは校舎に入る前に別れて……」

　さすがに校舎で会うのはまずいと思い旧校舎で密会していたのだろうが、詰めが甘い。いや、そもそもばれても許されると思っているから隠す気がないのかも知れない。

「構いませんわ。ねぇヴィル様、婚約解消なんて仰《おっしゃ》いませんよね？」

「もちろんだ」

　力強い言葉にアンネリーナは破顔し、その顔を見たヴィルは、ふん、と得意気に微笑んだ。


　さらに一ヶ月、二ヶ月。

　そのあとも茶会の欠席は続き、放課後に会うことも夜会に誘われることもなくなった。しかし、アンネリーナはその頃忙しく、ヴィルに対し問い詰めることも、不満を漏らすことも一切しなかった。

アンネリーナの耳にはヴィルとレイナの噂がどんどん入ってくる。手を繋《つな》いでいたとか、見つめ合っていたとか、旧校舎に頻繁に出入りしていてそこでキスをしていたとか。

いつも以上に目につく行動と熱の入れ具合に助言をしてくれる友人は多くいたけれど、その度にアンネリーナは、

「ヴィル様の婚約者はわたくしですし」

とにこりと微笑むだけ。それを見てスーザンが、

「いい加減婚約者の自覚を持って！　このままでは絶対ダメよ」

といつも以上に強い口調でいうも、アンネリーナはどこ吹く風とふわふわ。

そろそろヴィルに「浮気をされていますよね」と浮気証明書に記入を求める頃だけれど、今回ばかりは違っていた。

自室の机の上でアンネリーナはカレンダーを睨《にら》む。

（もう時間がありませんわ。急がなきゃ）

卒業式まであとひと月。やらなきゃいけないことが山積みで、眠気覚ましの珈琲《コーヒー》を口にして、アンネリーナは自分に気合いを入れ教科書に目を落とした。

そして卒業式。

卒業パーティーの広場にその声は響き渡った。

「アンネリーナ、お前との婚約を破棄する!!」

ヴィルの隣には緩くまかれた赤い髪の令嬢。こぼれ落ちんばかりの胸元を強調したドレスに身を包みヴィルの腕にしがみついている。その口元は扇で隠れているけれど、目は意地悪く細められていた。

　突然の言葉にアンネリーナの顔色がさっと青く変わる。

「あ、あの。婚約破棄と聞きましたが」

「あぁ、そう言った」

「それは困ります。理由を聞かせてください！」

　慌て狼狽《うろた》えるアンネリーナにヴィルは侮蔑《ぶべつ》の視線を投げつけた。

「理由か、それはな。お前が嫉妬《しっと》に狂いレイナを虐《いじ》め挙句の果てに階段から突き落としたからだ。俺の真実の愛の相手はレイナだ、お前との婚約を破棄して、レイナを婚約者とする」

　鼻息荒くヴィルは述べる。

　さて、どうするか。

　泣いて詫《わ》びるか、土下座するか、アンネリーナの反応を待っていると。

　アンネリーナはすっかりいつもの調子に戻り、頬に手を当て、はて、と首を傾げた。顔色は相変わらず悪いけれど、泣いてはいないし、土下座の気配はさらさらない。

「あの、申し訳ありませんが、わたくし虐めた記憶がないのですけれども」

「な、なんだ。その態度！」

「ですが何のことを仰っているのか」

「ふん、そうやって誤魔化す気か。ならば教えてやる」

ヴィルは意気揚々と一歩前に踏み出すと、さらに声を大きくする。

「お前は同じクラスの者にレイナと口を利くなと命じ孤立させ、文房具や教科書を隠した。それだけでなく、すれ違いざまにドレスを切り裂き、挙句に階段から突き落とした」

「わたくしはそのようなことはしておりません」

アンネリーナには全く身に覚えのないこと。第一そんな暇などないぐらい忙しかったのだ。

「この期に及んで、まだ苦しい言い訳を重ねるつもりか」

「ヴィ、わたくしとても辛《つら》くて悲しかったけれど、きっとアンネリーナさんも嫉妬で苦しんでいたと思うの」

青筋を立てるヴィルの前で、レイナがわざとらしくアンネリーナを庇《かば》う。それが本心かは扇の向こうに隠された口角が上がっているのを見れば一目瞭然《りょうぜん》。でも、大抵の男はそんなことに気づかない。

「レイナは優しいね。酷《ひど》い目にあったのにアンネリーナを庇うなんて」

うっとりと見つめ合う二人。

アンネリーナはお腹《なか》の前で組んだ手をぎゅっと握りしめる。顔は青ざめているが、その目は二人をじっと見据えたままで、頭は冷静にこの状況を理解している。

(婚約破棄だけは避けなくては)

「ヴィル様、わたくしはクラスメイトにレイナさんと口を利くなと命じたことはありませんわ」

「まだ言うか。見苦しいぞ」

「だって、そもそもわたくしはレイナさんのクラスメイトとお話をしたことがありませんもの」

「へっ？　お前、自分のクラスメイトと会話をしないのか？」

「？　わたくしのクラスメイトとは仲良くさせて頂いていますよ」

ほわん、として穏やかなアンネリーナはクラスの中心人物ではないけれど、皆に好かれていた。

「レイナはＣクラスだと言っていた。お前も一階なのだから同じクラスだろう？」

その言葉に、会場にいた人達は虚を突かれたように目を瞬《まばた》かせた。

学園は成績によってクラスが分かれ、最も良いものがＡクラス、最下位がＣクラスなのだけれど。

「あの、ヴィル様。もちろんご存じだとは思いますが、Ａクラスが一階、Ｂクラスが二階、Ｃクラスが三階ですわよ」

「なっっ」

思わず言葉を失ったヴィルだが、周りにいる者のほうがもっと唖然《あぜん》としている。

まさか、三年間も通っていて知らないなんてことがありえるのかと。

「そんな！　ぼーっとしたお前が俺より上位クラスだなんておかしいだろう!!」

「入学以来ずっとそうですが、ご存じありませんでしたの？」

ヴィルはレイナからＣクラスだと聞いていた。反対にアンネリーナのクラスは知らなかったけれど、教室は自分より下の一階なのだからＣクラスだと思っていた。

それはもう、人間ここまで思い込みだけでやっていけるのかと感心してしまうほど。

確かにヴィルは、今まで他の教室に行ったことはないし、レイナとの逢瀬《おうせ》はいつも学校の外か旧校舎だったけれど、それを言い訳にするには愚かすぎる……いや、実際愚かだから仕方ないのか。

ヴィルを見る周りの視線が、可哀そうな子を見る目に変わる中、スーザンがすっとアンネリーナの隣に立ち、さらなる援護射撃を開始した。

「アンネリーナはAクラスでも最優秀生徒として毎学期表彰されているわ」

ヴィルが会場中を見渡せば幾人かの生徒が頷いている。おそらくアンネリーナと同じAクラスの人間だろう。こんな公の場所で嘘《うそ》などつけるはずもなく、真実であることは周りの反応からも明白。

「ですから、わたくしがレイナさんのクラスメイトに彼女と口を利かないよう頼み、孤立させるのは無理なのです」

面識のない他の教室の人間に、レイナと口を利くなと頼むのは難しい。アンネリーナに権力が有れば話は変わるが、実家は子爵家、大して力もない。

会場がざわざわとざわめく。

「なんか私達がレイナを虐めていたみたいじゃない？」

「クラスから浮いているのは確かだけれど、それって人の婚約者に色目を使ったからだし」

「ええ、それも何人も。何十人って言ったほうがいいかしら」

遠くから聞こえてくる言葉にヴィルはレイナを見る。

「俺以外の男とも親しくしていたなんてことは……ないよな？」

「そんなことありません！　彼等《かれら》から私に言い寄ってくるのです！　でも断りました、私の愛はヴィルだけですもの」

レイナの言葉に十人ほどの男子生徒が、何を勝手なことをと、眉《まゆ》を吊《つ》り上げた。中には教師も一人いたが……。

「同じ理由で文房具を隠すのも無理ですわ。だってわたくしがレイナさんのクラスのある三階を歩けばそれだけで目立ちますもの。その状況で他人の机から文房具を持ち出すなんて不可能です。そもそもレイナさんの机がどこかも知りませんし」

ヴィルはうぐっと言葉を詰まらせたが、虐めていた話はそれだけではないと思い出したようで。

「では、ドレスを傷つけたというのは？」

「どうやって傷つけるのですか？」

「どうやって……てそりゃ、刃物だろう」

「その刃物は何処《どこ》から持ち込まれたのでしょう？」

アンネリーナは頬に手を当て、はて、と首を傾げる。その仕草にヴィルはいらっとしながらも、はっと気づく。

「そのお顔、今お気づきになられたようですが……学園に刃物を持ち込むことは不可能ですわ。校則で禁止されていますし、登校の際には先生方が門前に立ち持ち物検査をされていますもの。唯一あるのは剣技の授業で使う剣のみですが、授業を受けるのは男子生徒のみ。わたくしが学園内で刃物を手にするのは不可能ですわ」

その剣だって長剣だから、こっそり持ち歩いてすれ違い様にドレスを破るなど不可能だ。

「そ、それなら！　レイナを階段から突き落とした件はどう説明する」

予定通りに話が進まないことにヴィルが顔を赤くし狼狽《ろうばい》し始める。

「それはいつのことでしょうか？」

「一週間前だ」

「場所は？」

「旧校舎の二階の階段。これならクラスが違うなどと言い訳できないぞ」

一週間前。それはアンネリーナにとって忘れられない特別な日。

カレンダーにもしっかり書き込み、その日を指折り数え過ごしてきたのだ。

「その日、わたくしは学園に来ておりません」

「無断欠席したというのか。真面目だけが取り柄のお前が」

「いえ。先生方の許可は取っておりますわ。頑張ってこい！　あなたならできる！　と励ましの声を沢山頂きましたもの」

「頑張る？　励ます？」

いったい何のことだと、ヴィルは訝しむように眉間に皺《しわ》を寄せた。

すると一人の男子生徒が前に歩み出た。セドリックだ。

「アンネリーナがその日学園にいなかったことは俺が証明する。俺もその日、学園を休みずっとアンネリーナと一緒にいたのだから」

「浮気していたのか⁉」

なんでそうなるのか、とアンネリーナはげんなりする。片腕に赤髪の令嬢をぶら下げて、よく言ったものだ。

ただ、この反応についてはセドリックにも原因がある。

セドリックの少し顎《あご》を上げた態度はヴィルを挑発しているように見えるし、その瞳には恋慕の情がしっかりと浮かんでいた。腰や肩に手を回してはいないものの、距離も少し近い。

最も、鈍いアンネリーナはそんなこと全く感じていないけれど。

「どうも人は自分の思考や行動をもとに推測する傾向があるようだな。浮気ではないし、それも証明できる」

「では、どこで何をしていたと言うのか？」

「文官の試験を受けていたんだよ。文官一種」

会場がざわざわとし始める。

城の役人はエリートコース。次男以下にとっては喉から手が出るほど欲しい地位だし、嫡男にとっても家督を継ぐまで文官として勤め人脈作りに励む者もいる。

文官になるのに必要なのは貴族階級ではなく実力で、試験は一種から三種まである。

その中で一種は超難関とされ、優秀な令息令嬢が通うこの学園からでさえ、その試験に合格するのは年に一人いるかいないか。

その試験はさすがにヴィルも聞いたことがある。

しかし、アンネリーナが受験していたとは初耳だ。

「は、はは。お前がまさかそんな無謀なことに挑戦していたとはな。まったくお前は自覚がなさすぎるんだ。自分の能力も考えずにそんな無謀な……」

「受かりましてよ」

サラッと述べるアンネリーナの言葉に会場から歓声が漏れる。

「俺も受かったよ」

続けて述べられた言葉に歓声はさらに大きくなり手を叩く者さえも。

「おい！　二人揃っての合格なんて学園始まって以来なんじゃないか？」

「一種っていえば十年勤めて実績を積めば爵位を貰えるかも知れないんだろう？」

セドリックは侯爵家の三男。いずれは家を出なければいけないけれど、この試験に受かったのであれば叙爵されることもありうる。さらに。

「女性の一種合格は王国始まって以来ではないか？」

「試験を受けられるようになったのが現国王が即位してからだからな」

女性の社会進出を掲げた国王によって女性の試験が認められたのが十年前。それと同時に女性が家督を継ぐことも許された。アンネリーナは初めての女性文官一種合格者で、十年後には叙爵の可能性もある。

夜会を早く帰ったのも、茶会の欠席が続き、放課後に会うことがなくても気にしなかったのも、その方がアンネリーナにとって都合が良かったから。少しでも勉強のために時間を使いたかったのだ。

「ということで、その日、試験を受けていたわたくしにレイナさんを階段から突き落とすことはできませんわ」

会場はしん、と静まり目の前で起きた婚約破棄の結末を見守り始めた。

さて、こんな大騒ぎを起こした元凶の二人はこれからどうするのか。

「それに、階段から落ちたのは一週間前ですわよね」

アンネリーナは不思議そうにレイナを見る。

「階段は二十段ほど。その上から落ちたと仰ってますが傷一つ、あざ一つございませんのね」

大きく開いた胸元、足は見えないが肩から指先に掛けて露出している肌は陶器のように白く透き通っている。

「いったいどんな落ち方をされたのでしょう？　それから、これはご存じかも知れませんが、レイナさんの男爵家は一代男爵。婿養子に入ったとしても身分は平民になりますわよ？」

「なっ!!」

ヴィルの顔色がさっと変わった。そもそも、レイモンド伯爵の一番の目的はヴィルを子爵の婿養子にすること。でなければヴィルはいずれ平民となってしまうのだ。


「アンネリーナ、俺は騙《だま》されていたみたいだ。婚約破棄は撤回する」

突然の手のひら返しに、レイナが悲鳴に近い声を出す。

「そんな！　ヴィ！　私を愛しているって言ったじゃない」

「煩い！　一代男爵など俺は聞いていない」

ヴィルはレイナの腕を振りほどき、アンネリーナに走り寄る。その肩に手を置き整った顔で最高級の笑顔を作ると、震えを抑えながら甘い声で囁《ささや》いた。

「すまないアンネリーナ。俺は悪女に騙されていたのだ。許してくれるよな」

「では婚約破棄はされませんのね」

うるんだ瞳で縋《すが》るように問いかけるアンネリーナに、ヴィルはうんうん、と何度も頷く。やっぱりコイツは俺にベタ惚れだというように、その目に優越感が戻ってくる。

「当たり前じゃないか」

その言葉にアンネリーナがホッと息を漏らし、頬を上気させ笑った。

俺は何をしても許されるんだと、ヴィルが傲慢な笑みを浮かべた時、セドリックがその腕を掴《つか》んだ。

「アンネリーナ、よく考えろ。こいつは何度君を裏切った？　何度君を傷つけた？」

「ふん、外野は黙っていろ。アンネリーナは俺に惚れ込んでいるんだ。さっきの笑顔を見ただろう？　何度も俺を許してきたのがその証拠だ。アンネリーナが愛するのは俺だけなんだ、そうだろう？」

「違いますわ」

「そう、ちがっ……えっ？」

自信満々に言い放った言葉を、アンネリーナはバッサリ否定した。

口をあんぐりと開けるヴィル。

会場で事の成り行きを見守っていた生徒の中にも目をパチクリしている者が大勢いる。だって、アンネリーナはヴィルにベタ惚れだと、愛しているのだと思っていたから。何よりヴィルがそう吹聴していたから。

「違う……？」

「はい、違います。わたくしあなたのことをこれっぽっちも愛していませんわ」

どうしてそんな勘違いをなさっているの？　とアンネリーナは頬に手を当てる。その姿は心底不思議そうだ。

「でも今までだって、浮気を許してくれたし、婚約解消しないといったら頬を染め喜んでいたじゃないか。さっきだって婚約破棄を取り消したら涙を溜《た》めた顔でほっとしていたぞ」

「ええ。ほっとしましたわ。だって婚約破棄はわたくしからお伝えしなければなりませんから。ヴィル様、わたくし、あなたとの婚約を破棄いたしますわ」

晴れ晴れとした笑顔でアンネリーナははっきりとそう口にした。

「え？　婚約破棄？　それは先程取り消したのでは？」

「取り消したのはヴィル様からの婚約破棄です。冤罪《えんざい》だということも証明いたしましたわ。今、お話ししているのはわたくしからの婚約破棄です。理由は度重なる不貞、証拠は先程まであなたの腕にしがみついていたレイナさんとここにいる皆さまの証言。それから九枚の浮気の証明書」

浮気の証明書、なる初めて聞く単語に学友は眉間に皺を寄せる。

しかしヴィルにはしっかり思い当たるものがある。なにせ九枚も書いたのだから。

「あの証明書はいったい？」

「もしかして婚約の際に取り決めた契約書をお読みになっていないのですか？　もし片方に不貞があった場合、もう片方は婚約破棄を申し出ることができる。それを許す場合であっても、不貞の相手と期間等を婚約者当人同士で確認した浮気の証明書を作成すれば、浮気した方の当主にその都度、慰謝料を請求できる――そう取り決めたではありませんか」

アンネリーナの部屋の金庫には、ヴィルの浮気相手の名前と浮気した期間を明記した書類がある。その書類はヴィルとアンネリーナによって作られたのち、アンネリーナの父親を経由してレイモンド伯爵に届けられた。レイモンド伯爵はその証明書に印紋を押し、慰謝料とともにアンネリーナに返却していたのだ。

アンネリーナは、渡された慰謝料には一切手をつけず、浮気の証明書と一緒に全額金庫にしまっている。

「そ、そんなことが。でも、婚約破棄したら妹の学費はどうする？　我が伯爵家から借りた借金は？」

「借金は一年前に全て返済しましたけれども、ご存じないのですか？　それから妹の学費の問題は解決しましたわ」

「解決？　どうやって。貴族学園は入学金も授業料も高い。借金を返したばかりの子爵家にそんな余裕があるはずが……」

言葉途中にヴィルは、はたと気づいた。先程アンネリーナが言っていたではないか。浮気の証明書九枚分の慰謝料の存在を。

「浮気の慰謝料として頂いた金額が、ちょうど妹の入学金と三年間の授業料に達しましたから。それにヴィル様に責のある婚約破棄ですから、その慰謝料も頂けます」

「では、今まで婚約解消を嫌がっていたのは」

「婚約期間が長ければ長いほど浮気の証明書、いわば慰謝料は増えますもの」

「先程、俺からの婚約破棄の取り消しを喜んだのは……」

「もちろん、それも慰謝料のためですわ。婚約破棄はわたくしから申し上げませんと。父と一緒に新しい事業を始めようと思っておりますのでその軍資金にしようと思っております」

　フフッとふわりと笑うアンネリーナの前でヴィルは力なく膝《ひざ》をついた。


　婚約して三年。

　ヴィルはアンネリーナに惚れられていると勘違いして、数多《あまた》の女性と浮気をした。

　早々にヴィルの本質に気がついたアンネリーナはすぐに婚約破棄をしたかったけれど、子爵家の借金と学費のためにそれはできない。

　だから領地経営を立て直す父親を手伝い借金を返し、浮気の証明書によって貰った慰謝料は妹の学費にするため手を付けず金庫にしまった。

　その一方で妹に爵位を譲り、自身は独立すると心に決めた。

　家のために結婚させられるのはもうまっぴら。

　一人で生きていく力を身に付けようと思い、何ができるのかと考えた。男なら騎士になればよいけれど、それはできない。それなら文官を目指そうと、どうせなら一番難関の試験に合格して、誰にも文句を言われない地位を得てやろうと思った。

その結果がこれだ。

アンネリーナはほんわりしていると言われるけれど、きちんと考えているし、芯《しん》も強い。準備をしながら時がくるのをずっと待っていた。

妹の学費が貯《た》まり、生徒達の前でヴィルが自分の浮気を自ら暴露する。そう、やっと。

——時は来た——

あらぬ疑いをかけられた時は焦ったけれど、友人の援護射撃で冤罪を証明した今、すべてはアンネリーナの筋書き通り。

だからもうここにいる必要はない。

「それではわたくし、婚約破棄とヴィル様の不貞をお父様に伝えてきます。ヴィル様にもレイモンド伯爵様からお話があるでしょう。そういえば、レイモンド伯爵様、十回目はないと仰っていましたよ？」

「……ない、とはどういう意味だ？」

「あなたに爵位を与えようと、レイモンド伯爵様も随分我慢されていましたが……何事にも限界はあるようですわね」

勘当。ヴィルの頭にその二文字がよぎった。

「ま、待ってくれ。俺を見捨てないでくれ。それじゃ、アンネリーナにとって俺はいったい何だったのだ」

アンネリーナは頬に手を当て、コトンと首を傾げる。

皆が注目する。アンネリーナは俺にベタ惚れだと自慢していた男の末路に。

「考えたこともありませんわ。その価値すらあなたにはございませんもの」

ふわりとドレスを翻《ひるがえ》してアンネリーナは会場を出て行く。残された観衆は、その華麗な後姿にそっと拍手を贈った。


「アンネリーナ待ってくれ」

よく知った声に振り返ればセドリックがこちらに駆けて来る。そういえば数ヶ月前にも同じことがあったような、とアンネリーナは思う。

「どうしましたの？　卒業パーティーはこれからでしょう？」

「いいよ。ダンスを申し込もうと思っていた人は今日も帰るようだから。家まで送るよ」

セドリックはそう言うとツイと腕を差し出す。そのエスコートの意思に、深く考えることなくアンネリーナは手を添えた。

「婚約破棄、おめでとう、でいいのかな？」

「ええ。ありがとう」

「あいつを愛していなかったんだな」

「もちろん。わたくしはただ無関心だっただけなのに、どうしてそんな噂が立ったのでしょう？　それに、わたくし、人を愛するってよく分からないわ」

眉間に僅かに皺を寄せ、アンネリーナは首を傾げる。愛という言葉は知っているけれど、それは果たしてどういうものなのか。

「なるほど、これは大きな課題ができたな」

「課題？　文官になってもセドリックは向上心が高いですわね。わたくしも見習わなくては。それで、どんな課題なの？」

「うーん。正直今の所、解決策が見つからない」

「あら」

「でも、絶対にクリアしなければいけない課題なんだ」

「あらあら」

それは大変ね、とアンネリーナはふわりと笑う。

さらに「頑張ってね、あなたならできるわ」と可愛く拳《こぶし》を握ったりするものだから、セドリックは苦笑いを浮かべるしかない。

鈍感なくせに男心を無自覚にくすぐるアンネリーナを籠絡《ろうらく》するのは並大抵のことではなく。

文官になってからも二人の関係は変わらなかった。

いい意味でも、そうじゃない意味でも。とにかく変わらない。

研修期間が終わった日。

「アンネリーナ、次の休みに一緒に観劇にいかないか？」

「ごめんなさい。その日はゆっくり本を読みたいの」

「そうか、久々の休日だものな。ではまた今度誘うよ」

セドリックは苦笑いで肩を竦め、後ろ手で持っていたチケットをポケットに押し込んだ。


次の月。

「仕事は終わったかい？　良かったらこれから一緒に食事にでも……」

「それはいいわね。スーザンも呼びましょう！」

「……あぁ、そうだな。……まずは外堀から埋めるか」

食事中、セドリックとスーザンがひそひそ話すのを横目に、アンネリーナは美味しい料理を堪能した。


ある日、あれやこれやの作戦が全く功を奏さないセドリックが、ため息交じりにアンネリーナを見ていると。

「？　どうしたのセドリック。そんなにわたくしを見て、何かついている？」

「いや……」

「でもこうやって近くで見ると、あなたってとっても整った顔をしているのね。ふふ、改めて格好良いと思ったわ」

「!!」

突然、ご褒美のような爆弾が落ちてきた。

セドリックの熱の篭《こも》った視線はふんわり笑顔で躱《かわ》され、そのくせ格好良いだの、一緒にいて安心するだの、頼りになるだの臆面《おくめん》もなくアンネリーナは口にする。

すっかり骨抜きにされたセドリックが、拝み倒して二人が婚約したのは三年後。

「俺の婚約者が無自覚すぎて可愛い」

そんな惚気《のろけ》話に周りの皆はうんざりし、心から祝福をした。

特命！変態伯爵様の罵り係

～憧れている美形の英雄に屈辱を与える立派なお仕事～

長《なが》月《つき》おと
ill. 由《ゆ》貴《き》海里《かいり》

「ルーナ嬢、どうか俺《おれ》を罵《ののし》ってもらえないだろうか？」

聞き間違いだろうか？　たった今、目の前にいる金髪碧眼《へきがん》の美丈夫――アーバン伯爵家当主・ギルバート様の口からとんでもない言葉が聞こえた。

彼は昨年、厄災を招いた悪魔を倒した英雄だ。文武両道、眉目《びもく》秀麗、性格は生真面目《きまじめ》と評判の二十五歳、独身男性。眩《まばゆ》い金色の髪はサラリとしていて、宝石のように澄んだ青い目は力強く、容姿は物語に出てくる勇者そのままに整っている。着ている騎士服もピシッときまっていて、服の上からでも逞《たくま》しさが分かる。それでいて、すでに伯爵位を継ぐ資産家の顔を持つ。社交界で一番人気の優良物件といっても差し支えないだろう。

恋心を抱いているわけではないが、私も遠くから眺めて憧《あこが》れていたほどの英傑。夜会でギルバート様のお姿を見られたときは、心の中で黄色い悲鳴を上げたものだ。

しかし、そんな尊きお方が私のような没落寸前の田舎《いなか》貴族――ミルトナ男爵家の娘を相手にこんなことを言うなんて誰《だれ》が信じようか。

だって呼び出しの手紙には「外部に漏らしたくない、特別な任務を命じたい」と書かれていたのだもの。罵りが特別な任務などあり得ない。ないったら、ない。

案内された豪奢《ごうしゃ》な応接間をぐるっと一度見渡してから、正面に座る麗しい英雄に意識を戻す。

「その、もう一度お聞きしても？」

「どうか、俺を罵ってもらえないだろうか？　見返りはしっかりと用意する。これは契約書だ」

ギルバート様は至極真面目な表情で、罵倒《ばとう》を依頼する内容が書かれた羊皮紙をテーブルの上に出した。目に見える物まで出されてはもう「耳の調子が悪くって♡」って誤魔化せないじゃないの。

手に取ってよく読んでみれば……『できるだけ攻撃的な言葉で』や『容赦なく明瞭《めいりょう》な口調で』などと書かれており、ただ罵るのではなく、『強めの罵倒』を所望されているらしい。

これは酷《ひど》い……。そう顔を引き攣《つ》らせていると、ギルバート様が別の紙をテーブルに載せた。

「この依頼を秘密裏に受けてくれるのなら、ルーナ嬢の生家であるミルトナ家の借金を肩代わりしよう。これだけあれば足りるはずだ」

「え？」

昨年の厄災の被害に遭った我がミルトナ領は、領民の生活を救済するために大きな借金を背負った。国の支援金では足りなくて仕方なく背負ったものだけれど、全額返済までの道のりは長い。それが消えるですって？　テーブルに載せられた契約書を確認するが、確かに記載されている。

私が驚いていると、小切手が追加でテーブルに載せられた。

「さらに跡継ぎである弟君の学費の支援も惜しまない」

「え？」

借金のせいで、国一番の学園の進学を弟は諦《あきら》めようとしていた。弟はとても勤勉で、一族の中で一番優秀なのに、それを伸ばしてあげられないなんて……と残念に思っていたけれど、諦めずに済むですって？

小切手を確認して、私は目を丸くした。学費だけでなく、寮の生活費までまかなえる金額が書かれていた。しかも一括払い……金持ちすぎる。

「ルーナ嬢が望む相手が未婚であれば、ある程度は縁談の架け橋にもなれるだろう」

「ええ!?」

美人だったら良かったのだけれど……私の容姿は栗毛《くりげ》に翡翠《ひすい》の瞳《ひとみ》と、この国では一般的な色の組み合わせで、目立つ顔立ちでもない。そして借金の返済に充てるため、お金になりそうなアクセサリーは手放したため、華やかに着飾ることは難しい。今日《きょう》だって、髪はハーフアップにして、庶民でも買えるバレッタで留めてあるだけ。このデイドレスも、母のおさがりを手直ししたもの。苦しい生活が丸見えだ。

その上、爵位が低い男爵家の令嬢が相手では、結婚のメリットはほぼない。私に来ていた縁談は、厄災を機に次々と候補者から辞退を申し込まれ、話はすべて消えてしまった。

社交界では「ルーナ嬢を娶《めと》ったら借金まで付いてくる」とまで囁《ささや》かれ、すっかり貧乏神扱い。神様扱いでも嬉《うれ》しくない。

それまでも解決できるですって?

借金が消え、弟を支援してもらえ、私の縁談問題もなくなる。

この特別依頼、とてもおいしいお話ではないだろうか。こんな素敵な仕事、私が引き受けていいものなのかしら?

「ちなみに、どうして私にこの依頼を?」

「先日の夜会でルーナ嬢と、ある令息の会話を聞いて適任だと思ったのだ。君の罵りは的確に心を抉《えぐ》ってくれると、直感が告げている」

「先日、とは？」

「十日前の、伯爵家で行われた令息の婚約式だ」

あぁ……よりによって、あの日の現場を見てしまいましたか。


私の父方に、みっつ年上の従兄《いとこ》がいる。厄災以降従兄は、夜会の情報をどこからか聞きつけ、縁談がなくなった私に対して「仕方ないなぁ。俺がエスコートしてやるか」と恩着せがましい態度をとるようになった。そして私が「ひとりで結構」と断るのが定番の流れ。

ただ十日前の夜会はどうしてもエスコートが必要で、社交デビュー前の弟にも頼めず、不本意ながら従兄の申し出を受けたのだけれど……。

その夜、従兄はバルコニーで私に告げたのだった。

「なぁ、ルーナ。借金から助けてやろうか？　弟ではなく、親戚の俺が男爵家を継いでもいいんだぜ？」

「え？」

「ルーナが俺を選べばいいだけさ。な？」

つまり、従兄は私に婿《むこ》入りをして、我こそがミルトナ男爵家の次期当主と言いたいのだろう。

勝ち誇った態度で返事を待つ従兄を前に、私の頭の中の糸がプツンと切れた。

「商人としてちょっと成功し、人よりお金持ちになったからってうるさいわね！　そんなに男爵家を継ぎたいのなら、借金を先に返済するくらいの気概を見せてからにしなさいよ、見栄クソ男」

「ル、ルーナ!?　いや、本当は俺――」

従兄が急に慌てふためくが、知ったことではない。

「その腹立つ顔、見ていると吐き気がするから帰るわ。ドヤ顔で可愛《かわい》い弟の立場を奪おうとしてんじゃないわよ。この、クズナルシストが」

そうして崩れるように膝《ひざ》をついた従兄をバルコニーに放置して、私は夜会をあとにした。


うん。「クソ」だとか「クズ」だとか……今思い出しても酷いわ。苦手にしている従兄が相手だったから、より淑女から離れた言葉遣いになってしまっていた。

とにかく罵るということは、このように過激で下品な言葉も含まれる。

けれども、この従兄としていた喧嘩《けんか》の現場を見て、ギルバート様は心に決めたのよね。

どんな失礼な発言をしても罪には問わない――という一文まで、しっかりと契約書にまで記されていた。

ミルトナ男爵家としても、私個人としても利益が望める依頼。断る理由はないだろう。契約書の下にサインを入れ、ギルバート様にお返しした。

「この特別依頼、お受けいたしましょう」

「ありがとう。では試しに早速、ひとつ罵ってくれないだろうか？」

ギルバート様は両膝に固く握った拳《こぶし》を載せ、背筋を伸ばした。私に向ける眼差《まなざ》しはわずかな緊張を孕《はら》みつつ、それ以上に期待に満ちている。

なんてせっかちなのでしょう……でも良いわ。私も言いたいことがあったの。ここは全力で罵りましょう。

私は表情を消して、ギルバート様の青い目を真っすぐに見返した。

「顔が良いからって、なんでも許されると思わないでくださいませ変態野郎」

「――ぐぬ」

「七つも年下の……十八歳の令嬢にこんなこと頼むなんて、人間性を疑いましてよ。気持ち悪い」

「うっ」

しまった！　ひとつどころか、勢い余ってふたつも罵ってしまった。望まれた以上の罵倒を続けたせいか、ギルバート様は奥歯をギリッと噛《か》みしめて額に青筋を立てた。

待って……すごくお怒りだわ。怖い怖い怖い怖い怖い！　綺麗《きれい》なお顔だから、怖さが際立っている。

「も、申し訳ありません。ふたつも言ってしまいました」

「いや、これで良い。効いている。素晴らしい」

「えぇ⁉」

「やはり見込んだ通りだ。ルーナ嬢は罵りの達人だ」

まさかの絶賛。しかも嬉しくない。

なんだか腹が立ってきた。

「何が達人、ですか。無理やり変態趣味に付き合わされているのに、勝手に仲間にするなんて最っ低っ！」

「――くっ」

ギルバート様は相当屈辱なのか、顔を真《ま》っ赤《か》にして俯《うつむ》いてしまった。拳は怒りを耐えるように小刻みに震えている。強く握りすぎたためか、膝の上に赤いしみが広がり始めた。

「手から血が！　大丈夫ですか？」

「あぁ、この程度問題はない。しかし今日はこれくらいでいい。また明日《あした》頼む」

「――はい？」

今日は耳の調子がすこぶる悪い。

続けるとか嘘《うそ》でしょう？　どう見ても辛《つら》そうなのに、さらに明日も罵って欲しいなんて正気じゃない。そんな疑問の視線を投げかけるが、精神的に疲弊した様子のギルバート様は無視するように私を置いて応接間から出ていってしまった。


それから二週間、私は休まず伯爵家に通い、ギルバート様を罵っている。

「罵れと命じておいて、不服の表情を浮かべるなんて相変わらず失礼ですわね。変な趣味に付き合わされているこちらの身にもなってくださいませ」

「そうは言っても……いや、すまない」

「謝罪より態度で示してくださいませ。これだから脳筋は……はぁ」

「の、脳筋……！」

あまりにも想定外で理不尽な言葉だったのか、ギルバート様のお顔は驚愕《きょうがく》に染まる。

「あら、失礼。脳筋ではなく、変態でしたわね」

「くそっ……もう一声！」

ギルバート様は眉間《みけん》の皺《しわ》を深くさせ、テーブルの上で拳を小さく震わせた。やはり罵倒されて悔しそうだ。止《や》めればいいのに、さらに上を要求してくる。

「あらあら、英雄と呼ばれている立派なお方がはしたなく小娘に求めるなんて、救いようのないド変態ですわね」

「――っ！　くっ、今のは効いた」

ギルバート様は受けた屈辱を噛み締めるように、ソファに座ったまま天を仰いだ。

「ご満足いただけたようで何よりですわ。休んでもよろしくて？」

「あぁ、もちろんだ。俺も休みたい」

無事に終わってようやく、私は肩の力を抜いた。ギルバート様の怒気や屈辱に耐える重々しい空気にはすっかり慣れたが、なんせネタ切れ気味だったのでここで終わって良かった。

罵倒したくても、相手はこの『罵って欲しい』という変わった趣味がある以外は完璧《かんぺき》な男性なのだ。

今も私の疲れを労《いた》わるように、ギルバート様は執事に指示してハーブティーと人気店のスイーツを用意してくれる。いつ調べたのか、お茶のブレンドもスイーツも、私の好みのものばかり。

センスが悪ければ、そこを攻め込めるのに……。粗がなかなか見つからないのは困ったものだ。

「ギルバート様、いつまで続けるのでしょうか？」

「俺が満足するまでだ」

「まだ足りないと仰りますの？　あれだけの屈辱と苦痛を味わわされているのに、これからも罵倒をご所望で？」

そう疑念の視線を向けるが、ギルバート様は至極真面目な顔で頷いた。

誰か嘘だと言って。

一瞬目眩《めまい》に襲われるが、ぐっと耐える。引き受けた以上は責任を果たさなくてはならない。それにここで音を上げたら、変態に屈服するということ。それだけは避けたい。どうにかして罵り続け、満足させなければ……。

「そろそろ新しい罵り方を試してもよろしいでしょうか？」

「もちろん。実は最近バリエーションに慣れてきてしまい、少々刺激が足りないと思っていたところだったのだ。まだ他《ほか》の手段があるなんて、ルーナ嬢は素晴らしい。任せる」

ギルバート様から、真顔で女神を見るようなキラキラした眼差しを送られる。

しかし、まったく心に響かない。甘い理由なら胸がときめくこともあるのだろうけど、素晴らしい罵倒への期待と知っていると……ちょっと虚《むな》しさが勝る。

それに、依頼内容はともかく、性格の真っすぐさを見せるのは反則だと思う。

純粋な人を罵っていると思うと、こちらが心のダメージを受けるのだから考慮して欲しい。だってギルバート様は罵られて喜ぶのではなく、やっぱり辛そうなお顔をするんだもの……。

どうして自ら苦行を求めるのか——凡人の私では、英雄様の考えていることが理解できないでいた。

そうして翌日、私は約束の時間よりかなり早く伯爵邸を訪問した。ギルバート様は朝の鍛錬を終えたばかりで、私室でシャワーを浴びているらしい。

執事にそう説明され、応接室で待たされることになったが……私は部屋に誰もいなくなったのを狙《ねら》ってこっそり抜け出した。

作戦は単純だ。不意打ちで驚かせ、「この程度で叫ぶなんて、英雄が聞いて呆《あき》れますわ。鍛え方が足りなくってよ」と言ってやるのだ。

ネタがないのなら、作ればいいのよ！

そう意気込み、人の目を避けながらギルバート様の私室の扉の前にたどり着く。先日、屋敷の中を案内してもらっておいて良かった。あとは突撃するだけだ。

コンコンとノックをする。

「ベンジャミンか？　入れ」

執事がきたと思ったらしく、ギルバート様は入室の許可を出した。

よし、今だ――と勢いよく扉を開けて――驚き言葉を失ったのは私の方だった。

軽く羽織っただけのシャツの襟元や、捲《まく》られた袖《そで》からのぞくギルバート様のお身体《からだ》には、黒いツタ模様が隙間なく浮かんでいたのだ。入れ墨や焼き印にしては、黒色が濃い。

何より、見ただけで背筋に寒気が走った。そしてギルバート様は、悪魔と対峙《たいじ》した経験がおあり。

つまりこれは――。

私は唾《つば》を飲んでから、ギルバート様に問いかける。

「呪《のろ》い、ですか？」

「……そうか、見られてしまったな」

ギルバート様は怒ることなくただ目元を押さえ、深いため息を吐《つ》いた。指の隙間《すきま》から見える青い彼の瞳は、悲しみで揺れている。

彼のそんな顔を見てしまった私の胸も、針が刺さったように痛んだ。

「も、申し訳ございません。ギルバート様を驚かせて、そして……」

「単純なことで驚く俺を馬鹿《ばか》にしようとしただけなのだから。そういうことなら責められない。君は仕事を真面目に遂行しようとした、というところだろうか。とりあえず、説明させてくれ」

私にソファに座るよう促したギルバート様は寂しそうに微笑《ほほえ》んでから、神妙に語り始めた。

「これは、昨年の厄災で悪魔を倒す瞬間にかけられた呪いだ。悪魔は負けることが悔しかったのだろう。〝貴様も屈辱を味わうがいい〟と最後の最後で悪魔が俺に向かって攻撃をした。それを受けてしまった結果、全身にツタ模様が浮かんだんだ」

「ちなみに、どのような呪いなのですか？」

「普段は、生活になんの支障もない呪いだ。ただ闇《やみ》の力が強まる新月の夜は、ツタ模様が赤く光って熱を持ち、全身を焼くような痛みに襲われる」

新月の夜は、周期的にほぼ毎月やってくる。悪魔が倒されて一年が経《た》っているということは、ギルバート様はもう両手を超える数の苦しみの夜を迎えたということだ。

指先を少し火傷《やけど》しただけでもとても痛いのに、全身となると……なんて恐ろしい呪いなのか。

「お辛い、でしょうね」

凡庸《ぼんよう》な言葉しか口に出せない自分がもどかしい。

ギルバート様はそんな私を見て、労わるように軽く目元を緩めた。その優しさが、私の胸を締め付ける。

「幸いにも俺が屈辱を味わうと呪いが薄まり、解けていくことが判明した。ただ、この呪いが多くの人に知られれば、悪魔の爪痕《つめあと》が残っていると国民の不安を煽《あお》る。だから事情を知る一部の者で秘密裏に解呪《かいじゅ》しようと試みたのだが……誰もが同情して、本気の屈辱を与えるに至らなかった」

「それで事情を全く知らない、罵り上手な私に依頼をしたのですね？」

「事情があって、決して変態趣味ではないと言いたくても、言い返せない。非常に屈辱的な気分を味わい、かなり呪いの面積が減った……のだが、ここまでのようだな」

ギルバート様の瞳が、再び悲しみに染まる。希望を手放したかのような言い草にも、私は無性に腹が立ってきて――。

「はぁ!?　この程度で諦めるなんて、英雄が聞いて呆れますわ。片腹痛い――あ」

私は慌てて口元を手で押さえた。弱気になったギルバート様の情けない姿を見ていられなくて、私が憧れた英雄はこの程度で希望を失わない人のはずで……思わずいつもの調子で罵ってしまった。

一番大変なのはギルバート様本人なのに、酷いことを言ってしまったわ。

だから早く謝らなくては――と口を開こうとしたとき、ギルバート様の鎖骨に伸びていた黒いツタ模様がスッと消えた。罵ると本当に呪いが解けるらしい。

するとギルバート様は伏せていた顔を上げ、感動したように青い瞳に希望を宿して輝かせた。

「事情を知っても、容赦なく君は言葉をかけてくれるのか……それなのに俺は諦めようとしていたとは、なんて情けないのか！　ありがとう、ルーナ嬢！」

まるで私が救世主だと言わんばかりの期待を彼から感じる。その瞬間、私は思い出した。

昨年の厄災で、我がミルトナ家の領地の作物は壊滅的だった。けれども人的被害が少なかったのは、すぐにギルバート様が自ら騎士団を率いて、悪魔に立ち向かってくれたからだ。

悪魔が倒されたと聞いたとき、どれだけ感謝したか。またミルトナ家の領地に緑が戻ったのは、住める土地になったのは、ギルバート様のお陰。

今こそ、その恩を返すときだろう。初めてギルバート様から特殊任務の手紙を受け取ったときも、そのつもりで屋敷を訪ねたのだ。

罵って欲しいという命令に驚きすっかり初心を忘れていたが、取り戻すことができた。

何より、忌々しい呪いを克服するために自ら屈辱的な行為を受け入れるなんて、尊敬の念を抱かずにはいられない。私の憧れの気持ちは、ますます強まるばかり。

お支えしたい。今度は、私がギルバート様を助けたい！

決意を示すように、自身の胸元に手を当て、しっかりと彼の目を見た。

「ギルバート様、私で良ければ今後も協力させてください！　罵りを極めますわ！」

「なんと頼もしい。可哀想《かわいそう》でもう無理だと、呪いを見るのも恐ろしいと……他の者のように去らずに、本当に良かった」

「むしろ呪いが消える瞬間が見える方が、成果が分かりやすいのでやる気に繋《つな》がりそうです」

「では、これからは常にシャツは全部脱いでいようかな」

「露出狂属性を上乗せするなんて、さすが変態野郎」

「ぐっ」

ギルバート様の眉間に深い溝が刻まれた。

傷付いたらしい。またツタ模様が消えた。しかも、先程よりも広く。

これは使えるわ！

「一方的に私が罵るよりも、今みたいにギルバート様が先にボケてくださると、私もツッコミを兼ねて罵りやすいですわね」

「ボケたつもりは……いや、なんでもない。つまり俺が罵りやすい餌《えさ》を撒《ま》いて、ルーナ嬢がそれを拾うということだな？」

「はい。ギルバート様から誘ってくださると、私も安心して切り込めます。一緒に頑張りましょうね」

「ルーナ嬢、恩に着る！」

私から手を差し出せば、ギルバート様が力強く両手で応《こた》えてくれた。その大きな彼の手に、ドキッとしたのは秘密だ。

そして固い握手を交わしてから一週間、罵り共同作業を続けた結果、ギルバート様の身体を覆っていたツタ模様が半分程度にまで減った。下半身のツタはすっかり消えたらしく、今シャツを脱いだ上半身を確認しているが、呪いのツタは胸周辺と肩、二の腕だけにしか見えない。

呪いの模様で見えにくかった腹の筋が浮き彫りになり、六つに割れた筋肉が素晴らしい。鍛え上げられた肉体は、まさに彫刻のようだ。

「だいぶ少なくなりましたね。ボケツッコミ作戦が成功して良かったです」

「驚くほどの速さで呪いが消えている。これなら今夜の新月はあまり苦しまずに済みそうだ。ルーナ嬢、本当にありがとう」

ギルバート様はこれまでで一番柔らかい笑みを浮かべた。悪魔を切り捨て、『英雄』や『戦場の金《きん》獅子《じし》』と威厳ある肩書を持っているとは思えないほどの、ただの青年の笑み。

こんな眩《まぶ》しい笑顔は初めて見るかもしれない。勝手に胸が高鳴ってしまうわ。

「ふふ、可愛い」

しまった！　思わず心の声を出してしまった。

だってこんな顔の良い殿方の満面の笑みって見たことがなかったんだもの……慌てて口を押さえて、ギルバート様の反応を窺《うかが》うと、彼は顔を真っ赤に染めて固まっていた。その上、ツタの模様が減った。

これまでに罵倒してきたとき以上のギルバート様の顔の赤さから、相当悔しい思いをしていると察した私は急いで頭を下げる。

「申し訳ありません……七つも下の小娘に可愛いだなんて言われたら、罵っていなくても屈辱ですよね。でも呪いが消えるのなら正解？」

「いや、屈辱じゃない。ただ恥ずかしいと思っただけで……」

「本当に恥ずかしい、だけですか？」

「あ、あぁ……」

嘘ではないようで、ギルバート様の顔は典型的な照れで困惑している人の顔だった。彼は赤くなったところを隠すように、顔の下半分を手で覆う。

私は、また口から出そうになった「可愛い」という言葉をぐっと呑《の》み込んだ。

「コホン。でも屈辱じゃないのに、呪いが消えるってどうしてでしょうか？」

「確かに、なぜだろうか」

ふたりで頭を捻《ひね》っていると、ギルバート様の執事ベンジャミンさんが声をかけてきた。

「屈辱とは面目を失い恥ずかしい思いをする――という意味を持ちます。その恥ずかしい、という部分に呪いが反応したのではないでしょうか？」

恥ずかしい思いをするときは、先程のように褒められて照れが抑えきれない場合と、プライドが傷つけられた場合が多い。

きっと悪魔の呪いは後者が目的だったのだろうが、死に際の呪いは強力ではあるものの、不完全だったようだ。

希望が見えてきた私は、ソファから立ち上がった。

「つまり褒めることも有効というわけですわね。ボケツッコミ作戦も苦しくなって次の手に悩んでいましたが、褒めるということなら楽勝ですわ！」

「楽勝、なのか？」

「えぇ、だってギルバート様はとても素敵な方ですもの。たくさん褒めるところがございますよ。ふふ、お任せください」

「――っ」

笑みを向けただけで、またツタが消えた。ますます新しい作戦への期待度が高まる。

ただ、罵りは時間が経つにつれて、慣れのせいか効果が出にくくなってきた。きっと褒めることに関しても、あまり時間をかけてはいけないだろう。効果が高いうちに攻めるべきだ。

それに英雄であられるギルバート様は、多くの賛美と称賛を送られてきたお方。貴族特有の上品で遠回しな言い方や、生半可なフレーズではいけない。

心からの言葉だと分かるように、私は素直に顔を綻《ほころ》ばせた。

「ギルバート様の金色の髪は本当に太陽のようで、青い瞳は空のようで、見つめられるとこちらも晴れやかな気持ちになります。私の気持ちも、いつもぽかぽかしているんですよ」

「そ、そうか……っ」

よし、消えた。まだまだいくわよ。

立ち上がったついでに、さっとギルバート様の隣に座る。

「本当に綺麗なお顔。睫毛《まつげ》の長さとか羨《うらや》ましいくらいですわ。これだけ美しいと、見ていて飽きが来ませんわね……素敵♡」

「～っ、ど、どうも」

あらあら、本当にお顔が真っ赤。眉《まゆ》を下げて、戸惑う表情もなかなか良い。普段は凛々《りり》しいお方だからこそ、ギャップが癖になりそう。

　幼い男の子が好きな女の子にイタズラしたくなる心理が、なんとなく分かる。

　だって、ギルバート様が最高に可愛い。きゅんきゅんしてしまう。

　あら、見つめていただけで、また黒いツタが消えたわ。良い調子。

「ギルバート様は年上だし、大人《おとな》っぽいと思ったら初心《うぶ》なんですね。容姿だけでなく、そういう純粋な面も魅力的だと思います」

「な――っ」

「ふふ、そう恥ずかしがるお姿、私嫌いじゃありません。それに――」

　満面の笑みを向けてたっぷり褒めた結果、過去最高の面積のツタ模様が消えたのではないだろうか。

　罵るよりも効果があるなんて、もっと早くに知りたかった。

　とにかく、新月の夜の前にギルバート様の負担を軽くできて良かった。私の心は達成感に満ちている。

　一方で褒めちぎられたギルバート様はずっと顔を両手で覆い、目線を合わせてくれない。隠しきれていない耳は、薔薇《ばら》のように真っ赤なまま。その耳元に、口を少し寄せた。

「どうか夜になったら、今日私がお伝えした言葉を振り返ってみてください。思い出しただけでも、恥ずかしさで呪いが薄まるかもしれませんから、ね？」

　そう囁いた時点で、端っこの黒いツタが消えた。

　今日はもう十分だろう。

「ギルバート様、今日は帰りますね。また明日も褒めに来ます」

「また……明日も？　これだけ言って、まだネタ切れしてないか？」

ギルバート様は長い指の隙間から、チラチラと私を窺いながら聞いた。

「もちろんですわ。まだまだギルバート様の素敵なところは尽きませんもの」

「そ、そうか。頼む」

「では失礼しますわ」

すぐに指の隙間がなくなって目線が合わなくなってしまうが、私は一礼して伯爵邸をあとにした。

そうしてギルバート様を褒め殺し続けて四日目……。

「最後の模様が消えませんね。うーん」

私は彼の左胸にだけ残っている呪いの模様を見て唸《うな》った。呪いの中核なのか、そこだけマカロンサイズの黒い薔薇模様が刻印されている。

いくら褒めて、ギルバート様を恥ずかしがらせても、これだけは消えてくれないのよね。あまりの憎たらしさに、黒い薔薇模様を睨《にら》んでしまう。

「そんなに間近でじっと見つめないでくれ。俺も男なんだ」

そう言ってギルバート様は耳の先を少し赤くしてシャツのボタンを留めようとするが、私はそれに待ったをかける。

「いえ、もっと見つめて恥ずかしい思いをさせて、呪いを消さなければなりませんわ。ギルバート様のお身体は彫刻のように整っております。触れば弾力がありそうなハリのある胸板は誇るべきですわ」

言葉で駄目なら、視線で恥ずかしい思いをさせる作戦に移す。だからより目に力を入れて、見つめたのだけれど……。

「あ、ありがとう。鍛えた甲斐《かい》がある」

普通に照れられてしまった。

「そうではなくて！　もうっ、ちゃんと恥ずかしがってくださいませ！」

早くも褒められること自体に慣れてしまったのか、騎士として筋肉を褒められることは普通だったのか、ギルバート様に屈辱を与えるに至らない。

令嬢にあるまじき破廉恥《はれんち》な切り込み方をしても効かないだなんて、どうすればいいのよ。ソファに腰を下ろして、思わずため息を吐いてしまう。

ギルバート様の呪いを解いて差し上げたいのに。

「すまない。ルーナ嬢……君に褒められると、どうしても喜びの方が勝ってしまって。むしろ今は、もっと言って欲しいと思ってしまっているくらいで、その……もう褒めるところなんてなくなってしまったよな」

「いえ！　褒め言葉はまだまだあります。ですが、言っても意味がないなんて由々しき問題ですわ」

「まだ、あるのか」

「当然です。ギルバート様は危険を顧みず、騎士たちの先頭に立って厄災の渦に挑む大胆さを持ちつつ、その栄光をひけらかすこともない慎ましいところとか、格下の私が無礼をしても寛大に接してくれるところなんて、とても好きですわ」

「ルーナ嬢っ」

ギルバート様は口元を手で覆い、顔を真っ赤にした。しかし、やっぱり呪いの模様が薄くなったり消えたりしてくれない。

それを残念と思いつつも、少し安堵《あんど》している自分もいる。

だってギルバート様とのやり取りはとても面白いし、彼の容姿も良いからとても目が潤う。きらびやかな茶会や夜会よりも、楽しい時間を過ごせていると断言できる。

夢心地とは、こういうことを言うのだろう。

けれど呪いが解けてしまったら、ギルバート様と会う理由がなくなってしまう。また夜会で遠くから眺めるだけの頃に戻るのだろう。

ううん。以前ギルバート様は、私の縁談の架け橋になってくれるとも言っていたから、その紹介してくれた方と婚約することになれば、ギルバート様を眺めることすらできない立場になる。せっかく紹介してくれた方にも、失礼なことはできない。

なんて寂しいのかしら。ズキッと胸が痛む。

単なる憧れから、恋心へと変わろうとしていることを知って気が重くなってしまった。

しかし、解呪すると約束した以上は守るべきだろう。

胸の痛みを隠すように微笑みを顔に貼り付け、これまで使わずに温めていた作戦を提案する。

「ギルバート様、呪いはあとわずかです。しばらく褒め続けていたことで罵りへの耐性が落ちている今、強力な屈辱を一度味わったら消えるかもしれません」

「確かに。何かいい方法があるのか？」

「えぇ――私の前で跪《ひざまず》き、足の甲に口付けをなさって」

「――っ!?」

私の要求にギルバート様は大きく目を見開き、息を呑んだ。

だって私は彼に「自分はあなたの下僕です」という服従の行為を求めたのだ。国一番の英雄が没落寸前の小娘にするなんて、絶対にプライドが許さないはず。かなり屈辱的な気分を与えられるだろう奥の手だ。

そう期待してギルバート様の胸元を見るが、まだ呪いの黒薔薇は残っている。もう少し攻めた方がいいかしら……大胆に足を組み、甲が見やすいようにドレスの裾《すそ》も少し引っ張り上げた。

ギルバート様はしっかりと私の足の甲を睨む。

その迫力のある鋭い視線、屈辱具合が良い感じに高まっているようね。

でも、私の方が先に恥ずかしさの限界を迎えそうだ。殿方にこんなことをするのは、もちろん初めて。さっさと終わらせたいところ。

「早くなさって」

挑発するように、尊大な態度で催促すると、ギルバート様は瞳孔《どうこう》を開いたまま恐る恐る両膝を床についた。そして震える手を伸ばし、戸惑いながら私の靴の底に手を添える。

どちらのだろうか……静まり返った応接間に、ゴクリと息を呑む音が響いた。

その音を合図に、シャツをはだけさせた美丈夫が、私の足の甲にゆっくりと顔を近づけ始めた。
ゆっくり、でも確実に。止まることなく距離が詰められていく。

えっと……なんで止まらないの？　ちょっと……もっと躊躇《ちゅうちょ》してよ！　執事のベンジャミンさんも、鉄壁の微笑みを浮かべたまま止めようとしない。ねぇ！　ギルバート様、執事が仕事していませんよ。注意しなくていいの？　そもそもどこまで近づけるんですか!?　え、本当にするの？　あぁ、駄目、駄目、駄目だってそれ以上は――。

「お待ちください！」

ギルバート様の唇が私の足の甲に触れる直前、手のひらを滑り込ませて阻止する。

足の甲のキスはなんとか免れたものの、私の手のひらはしっかりとギルバート様のキスを受け止めてしまっていた。少し柔らかくて、温かい。

「きゃあぁぁぁぁあ！」

「す、すまない」

ギルバート様が顔を上げた瞬間に、私は慌てて手と足を引っ込める。まだ唇の感触が残る手を握り、批難の目線を向ける。私は単純なんだから、事故でも本気で恋しちゃうじゃないの！

好きよ、好き！

「なんで止まらなかったのですか!?」

「だって、そう指示されたから。ルーナ嬢の思い付きは、いつも当たるだろう？」

至極当然のように答えるギルバート様が純粋すぎて、恋の相乗効果もあり、目が痛いくらい眩しく見える。私への信頼の高さが窺えて浮かれそうになるが、心を鬼にする。

「そうかもしれませんが……もっとプライドをお持ちになってください。それより呪いは――!?」

鼓動が速くなりすぎて痛む心臓を押さえながら、すぐさまギルバート様の左胸を確認する。

しかし黒薔薇はしっかりと残っていた。これほどの屈辱でも駄目って……ショックのあまり、私はソファの背もたれに身を預けて天を仰いだ。

「これ以上の屈辱行為は私には思いつきませんわ」

正確には、勉強したおかげで屈辱を与えられる方法はまだ知識にはあるけれど、人間として一線を越えてしまいかねない行為ばかり。ギルバート様だけでなく、おそらく私も無事ではいられないだろう――精神的に。

そう頭を悩ませていると、ギルバート様が戸惑いがちに口を開いた。

「その……先ほどの服従行為についてなんだが……実のところ俺はあまり屈辱に感じていないんだ」

私は姿勢を戻して、未《いま》だに両膝をついたままのギルバート様を見下ろす。

彼は恥じらうように、ほんのり頬を染めていた。

「まさか……そういうことですの？」

「あぁ、そういうことだ。もう気持ちを隠せない」

ギルバート様は眉間に深い溝を刻んだ。とても苦しげで、切なげで、熱く求めるような眼差しを私に向けた。

彼は口を開いては言い淀《よど》み、閉じては再び開いて言葉を探す。その度に黒薔薇の花びらが一枚ずつ消えていく。残り二枚……ギルバート様は絞り出すような声で、告げた。

「好きなんだ。どうしようもなく！」

一世一代のような告白。彼の青い瞳は今にも泣きそうなほど潤み、顔は真っ赤。

あぁ！　そうですよね。言いにくかったですよね。私は彼の勇気を称《たた》えたい。すかさず、フォローを入れる。

「罵られることが本当に好きになってしまったのですね。よく教えてくれました」

「違う！　俺が好きなのはルーナ嬢、君そのものだ！」

「えぇ!?」

ギルバート様が私を好きなんて、どう考えてもおかしい。

だって私は彼を罵り苦痛を与え、ときに褒めちぎって恥ずかしがらせるなど、屈辱しか与えていない。好きになるなんて無理がある。

「私には理由がさっぱり」

「実のところ、最初からルーナ嬢には好印象を抱いていたんだ。無茶なお願いでも馬鹿にせず、真面目に取り組んで罵ろうとしてくれただろう？　呪いのことが分かったあとでも見捨てずに付き合ってくれたし、何より褒めるターンのとき、これまでの罵りとのギャップもあり……甘い言葉に溺《おぼ》れて惚《ほ》れてしまった」

「単純すぎません？」

「否定できない」

ギルバート様が奥歯をギリッと噛んだ。やはり好きになったきっかけが変態行為だった点については、相当悔しいらしい。呪いの黒薔薇の花びらが一枚消えて、残り一枚になった。

「それに好きだからって、服従の行為に抵抗を覚えないなんて……やっぱり変態です」

「くっ……それだけ好きになってしまったんだ！　こんな変態になってしまった俺を、君は嫌いだろうか？　好きになってもらうのは難しいだろうか？」

好きか嫌いかを問われたら、好き。かなり好き。

しかし、ギルバート様は救国の伯爵様で、私は没落寸前の男爵令嬢。国一番の英雄が、こんな格下の令嬢と婚約するなんて周囲が許すはずがない。

それはギルバート様も分かっているはずだけれど……。

「気持ちでどうにかできる立場ではありませんよ」

「身分差の指摘が怖いのか？　大丈夫。実はこの件、事前に国王陛下と俺の両親に相談したところ、両者とも大賛成だった。変態行為にも健気《けなげ》に付き合い、呪いを解く力がある素晴らしい令嬢だと皆が君を認めている。事情を知らない他の貴族に関しては、俺がベタ惚れだとアピールしてゴリ押しする！」

「やっぱり脳筋！」

「認めよう。俺は脳筋だ！」

この人、開き直ったわ！　そのせいで、最後の黒い花びら一枚が消えてくれない。

どうしてこんなことに――と混乱した頭で振り返ってみたけれど、私の罵り方と褒め方に問題があって、ギルバート様の性癖を歪《ゆが》めてしまった結果だろう。これは開発した責任を取らなくてはいけない。

それに、本当に周囲にゴリ押ししてくれるのなら、この恋心を諦めなくていいのなら、私の答えは決まっている。

私は跪いたままのギルバート様の両手を引っ張り、ソファの隣に座らせた。両手は繋いだまま、緊張した面持ちの彼の青い瞳をじっと見つめる。

透き通るような青い瞳は美しく、私の心を必死に覗《のぞ》こうとしていた。

求められていると知った私の胸の奥から愛《いと》しさが溢《あふ》れ、自然と顔も綻んだ。

「ギルバート様、私もあなた様を心からお慕いしております。あなた様と過ごした時間はおかしくも素敵で、楽しさで満ちております。変態でも脳筋でも、喜んで受け入れますわ。だから、私と結婚してくださる？」

「――っ！」

私が求婚した瞬間、ギルバート様の左胸にあった最後の花びらが完全に消えた。

しかも両想《りょうおも》いだと分かったはずなのに、彼の表情は喜びよりも驚愕に染まっていた。

つまりこの展開は、ギルバート様が望んでいない状況ということだ。

「まさか……ボケツッコミ作戦!?　私との結婚に屈辱を感じるほどなのに、思わせぶりなことを仰ったの!?　解呪のためとはいえ酷いですわ！」

「違う！　呪いが解けたら俺から求婚しようと思っていたのに、君に先を越されたことが悔しいんだ！　ちくしょうっ」

「では、私のことは嫌ではないのですね？」

「もちろんだ。本当は嬉しくて堪《たま》らない！　愛している」

ギルバート様は感極まった表情を浮かべ、私を分厚い胸板へと引き寄せた。想像以上の弾力だ。それにシャツがはだけたままなので、素肌の温もりを直《じか》に感じる。

「レディの扱いがなっていませんわよ」

「だったらルーナ、これからも俺に屈辱を与えてくれ」

「あらあら、仕方のない変態様ですこと♡」

呪いは消えても、まだまだ仕事は続きそうだ。

こうして私は残念で可愛らしい英雄を愛《め》でるという、素敵な一生を過ごすことになった。

逢瀬を目撃した二人

有《あり》沢《さわ》真《ま》尋《ひろ》
ill. くまの柚《ゆず》子《こ》

骨組みは黒檀《こくたん》。

白鳥の羽と繊細なレースを組み合わせ、クリスタルビーズで刺繍《ししゅう》を施した特級品。

（間違いない。あれはお祖父様がバラハ公爵令嬢アデリナ様へ納品した扇……！）

扇職人一族、ヴェローナ家の生まれで、物心ついた頃《ころ》から工房に出入りしていたセシリアは、祖父の手業になる一品を見間違うことはない。

王城で華やかな夜会の開かれたその夜。

会場から抜け出して廊下を歩いていたセシリアは、中庭に面したガラス戸が細く開いているのを目にした。外に出て涼しい風にあたろうと思い立ち、戸を押し開けて、白亜の大理石が敷き詰められたバルコニーへと足を踏み出した。

そこで、くぐもった話し声を耳にして、足を止めた。

押し殺した女性の呻《うめ》き、男の荒い息遣い。

背筋がぞくっとする。この先に進んだらまずい。そう思いながらも、とっさに着慣れない白のドレスの裾《すそ》を持ち上げ、数歩先まで進む。万が一にも「それ」が犯罪絡みであったら、人を呼んでこなければ、と考えたせいだ。

欄干《らんかん》の端の切れ目から、下の庭園へと続く階段がある。セシリアは、目立たぬように頭を低くしつつ、身を乗り出して、暗く沈んだ庭の草木へと目を凝らした。

だめよ、と甘く掠《かす》れた声が耳に届く。

続いて、くすくすくす、と秘めやかな笑い声。

（事件ではなく。これは男女の逢瀬《おうせ》……？　気づかれないうちに去った方が良さそう）

セシリアは、そう確信した上で、何気なく視線を今一度すべらせた。

まさにそのとき、見覚えのある品が視界をかすめたのだ。

夜の闇《やみ》の中、発光するかのように白く滲《にじ》む、白鳥扇。

逢瀬の一方の人物は、扇の持ち主であるアデリナ嬢なのだとわかった。

（アデリナ様と言えば、第二王子のウィルフレッド殿下の婚約者。お祖父様が白鳥扇を納品した際に、結婚式もそう遠くないから、婚礼用の新作もと急《せ》かされたと……。殿下も今晩の夜会に参加されていたはず。あの逢瀬は、結婚を控えた恋人同士のお戯《たわむ》れかしら）

犯罪ではなくて良かった、と胸をなでおろしたセシリアは、ふとすぐそばに他人の気配を感じて動きを止めた。

そうっ、と横を見る。

間近な位置に、こつ然と青年が現れていた。長い黒髪を首の後ろで束ね、夜会参加者らしい礼装に身を包んでいる。視線は、前方の逢瀬現場。

城内からガラス越しに漏れる明かりを受けたその横顔には、「うわぁ……」という困惑に満ちた表情が浮かんでいた。

おそらく、セシリアもまたそのとき、同じ表情になってしまっただろう。

「ウィルフレッド殿下……？」

思わず、その名を口にする。

青年は、セシリアへと顔を向けた。

長いまつげに縁取られた、意志の強そうな青の瞳《ひとみ》。繊麗《せんれい》な面差《おもざ》しは王妃によく似ているが、清冽《せいれつ》な目元には青年らしい香気が漂っている。肩は広く、やや細身ながらも長身。服を身につけていてさえ、引き締まった体つきをしているのがわかる。

（今まで遠目に見たことしかないけど、どう見ても本人よね？）

第二王子ウィルフレッド、二十一歳。ご令嬢方に羨望《せんぼう》の眼差《まなざ》しを向けられる、当代きっての美青年。

なぜ今目の前に？　と焦ったせいで、考えたことが全部声に出てしまった。

「本物の殿下……？　殿下はアデリナ様のご婚約者で……、あそこで逢瀬をなさっているのはアデリナ様で……、相手は殿下でなければいけないはず」

青年は目を瞠《みは》って、ぶしつけなほどまっすぐにセシリアを見つめてきた。この反応、やはり本人だわ、と確信をしたセシリアは、思わず深追いをしてしまった。

「殿下は今ここにいてはいけませんよね？　だって、そうなると、あそこにいるのは誰《だれ》です？」

セシリアが言い終えたところで、ウィルフレッドは謎《なぞ》の半笑いを浮かべて頷《うなず》いてみせた。

「誰なんだろうか。少なくとも私ではない」

「浮気現場」

「そうだな」

答えた声には、笑いが滲んでいるようにも聞こえた。セシリアはといえば、笑うどころではない。

「踏み込みますか？」

ウィルフレッド第二王子は、武人としても名を馳《は》せていた。何しろ、貴族の青年たちで構成され、儀礼や式典を取り仕切る業務が主となる第一騎士団ではなく、王宮外での魔獣討伐が主要任務である第二騎士団所属。その実力は、お飾りではなく実戦向き。たとえ密会現場を見られた二人が抵抗や反撃をしたとしても、恐るるに足りないはず。

セシリアの問いに即答することなく、ウィルフレッドは遠くに視線を投げた。

「現場を押さえてしまえば、醜聞そのものは日の下に晒《さら》して断罪に持ち込むこともできるが、果たしてそれが得策かどうか。婚約破棄も避けられない。アデリナも軽はずみなことをしてくれたものだ」

考え深げな声。憂いを帯びた端正な横顔にセシリアは見とれかけたが、我に返る。

（殿下ではない相手と逢瀬をした時点で、アデリナ様の浮気は明白なのだから、殿下がお怒りになるのは当然だとしても。その結果、殿下は婚約者を失ってしまうことになる……）

ウィルフレッドはセシリアの返答を待つことなく淡々と続けた。

「そのへんの、吹けば飛ぶような若手貴族ならともかく。アデリナが相手にするということは、それなりの見返りが望める相手だろう。思いがけない大物だった場合、王宮内の勢力図に大きな変化が出る恐れもある。最悪、開き直っておおっぴらに敵対行動をとられると、国政に影響が出る。王家も無傷では済まされない」

「それは、そうですね。王族と国内有力貴族の婚約は政略絡みなわけですから、当然そういう展開も考えられるわけですね」

セシリアは大きく頷きつつ、納得した。

（非は浮気をしたアデリナ様にあるというのに、明らかにしてしまえば「浮気をされた側」である殿下にも何かと不利益があるのね。なんという「され損」かしら）

さぞや悩ましいことだろうと、かける言葉に悩むセシリアの視線の先で、ウィルフレッドはため息とともにぼそりと呟《つぶや》いた。聞き間違いでなければ「面倒くさい」と。

なお、声量を絞って話すセシリアとウィルフレッドをよそに、光の届かぬ庭園にある茂みはがさがさと揺れていて、男女の睦《むつ》み合う声や音も続行中。沈黙すれば気まずさだけが漂う空気の中、ちらりとウィルフレッドがセシリアに視線をくれた。

「さて。扱い方によっては国を揺るがしかねない、我が婚約者の浮気現場を目撃してしまった君は、誰だ」

「……え？　私ですか？」

不意の質問を呑《の》み込めず、セシリアはぽかんとして聞き返してしまった。

ウィルフレッドは、にこりと魅力的な笑みを浮かべて頷き、言い放った。

「そう、あなただ。この件の扱いが決まるまで、無闇《むやみ》に口外されるわけにはいかない。少しの間、拘束させてもらう。逃げるな」

身を翻《ひるがえ》そうとしたとき、ドレスを踏まれてセシリアはバランスを崩す。

転ぶ前に、ウィルフレッドに背中から抱きとめられていた。思いがけない力強さに息が止まりかける。目を見開きながら、今の会話を頭の中で追いかけた。

（拘束って……。まさか捕まるってこと？　私が⁉）

＊＊＊

軟禁生活二日目。

セシリアは王城の一室に、秘密裏に閉じ込められていた。接触する侍女は最小限。部屋の中での行動は常識の範囲内であれば自由にと言われていたが、外に出ることは一切許されていない。

「家に帰して頂くことができないなら、せめて扇作りの道具を頂けないでしょうか。道具や材料があれば、部屋の中でも仕事ができますので」

早速、暇に音を上げて、セシリアは部屋に顔を見せたウィルフレッドに願い出た。

「すぐに信頼できる部下を君の家へと向かわせる。必要なものを紙に書き出すといい」

ウィルフレッドは快く請け負って、紙とペンを侍女に用意させてセシリアに渡してきた。受け取ったセシリアが書き物机に向かうと、横に立って「念のため、内容を確認する」とのぞき込んでくる。

「言っておくが、『助けて』『帰りたい』『浮気現場を見てしまったばかりに』などと書かないように。あの件については内々に進めているが、まだ漏洩《ろうえい》されるわけにはいかない」

「しません。家族に迷惑がかかってもいけませんし」

セシリアはウィルフレッドが手元を見やすいように、紙に扇制作に必要な材料を書き込んでいった。

「片が付けば家に帰す。口封じに殺したりはしない」

実直そうな口調で言われても、素直にありがとうございます、とは言い難いものがある。

「殺しだなんて、いちいち驚かさないでください。私は裏も何もないド平民ですし、あの場にいたのも偶然。情報を漏らそうにも、親しく噂《うわさ》話をする貴族の知り合いがいるわけでもないですから」

セシリア・ヴェローナ。銀髪に青い目の、十八歳。夜会の場では浮かない程度に令嬢らしく着飾っていたが、平民である。祖父が「国宝級」と誉れ高い技工を持つ扇職人で、本人も工房所属の職人。それ以上でも以下でもなく、王宮がいくら身元を調べても、不審な点が出てくるはずはない。

――お祖父様が先だって病気で亡くなり、請け負っていた扇を代わりに私が作ることになりました。それがミリアム姫のもので……。扇の出来栄えを気に入ってくださった姫様が、今後何かと役に立つだろうから夜会に参加してみた方がいい、と私にも正式な案内状をくださいました。

なぜ夜会会場にいたのか問われ、セシリアは隠さずすべての事情を打ち明けた。

(そ・れ・を、ウィルフレッド殿下に逆手にとられてしまったのよね。家族には我が妹姫が話し相手としてセシリア嬢を引き留めていると説明したって……)

ちらっと、そばに立つウィルフレッドに視線を向けると、ばっちり目が合ってしまった。ウィルフレッドは、真面目《まじめ》くさった様子で頷いた。

「材料を取り寄せるというのは、実に良い案だ。これでご家族は、君がミリアムにせがまれて目の前で扇を作ることになった、と納得することだろう。拘束期間が長引いても不自然ではない」

さらりと聞き捨てならないことを言われて、セシリアはペンを置いた。居住まいを正してウィルフレッドに向き直り、こほんと咳払《せきばら》いをして喉《のど》を整えて口を開く。

「殿下、うちの工房は腕利きの職人を失ったばかりです。この上、職人のひとりである私の不在が長引けば、大きな打撃となります。すでに請けていた依頼に遅延があれば、深刻な信頼問題にもなるでしょう。今は国家の危機と聞いて従っておりますが、何卒こちらの事情もお含みおきください。……たかが平民の仕事と、簡単にお考えかもしれませんが」

ウィルフレッドは、腕を組んで顎を引き、セシリアを見下ろして言った。

「君は自分を『平民』と言うが、工房の取引先には我が妹ミリアムをはじめ王族やバラハ公爵家など貴族がずらり、と。祖父君は叙爵を固辞していたそうだが、間もなく父君が男爵位を受ける。君もそれを見越して貴族に劣らぬ教育を施されてきたとか。今はともかく、数年以内にこの社交界で君の名を知らぬ者はいなくなるだろう」

「あくまで、腕利きの職人として、です」

目を合わせたまま、セシリアははっきりと答えた。

拘束された時点で覚悟はしていたが、セシリア自身についてすでに、ずいぶんと調べられているのがわかった。

(口封じなんて冗談みたいに言うけれど、検討段階に入っていたりして……。国家の秘密と、吹けば飛ぶ平民の命、天秤《てんびん》にかけるまでもないものね。この先私が仕事絡みで社交界に顔見せすれば、余計なことを言ってないかってずっと気にされるのかしら)

そんなつもりはないと、どう言えば伝わるのか。悩みながらもセシリアは正直なところを告げた。

「私は自分の仕事が好きですし、辞めるつもりもありません。ですが、扇は贅沢《ぜいたく》品ということもよくわかっています。庶民のものではなく、裕福な貴婦人のもの。そういった方々が何を好み、何を粋と思い、扇として手にしたときに喜びを感じるのか。それを知るための手段として、私は富裕層や社交界とのつながりを大事にするよう教えられてきました。それでも、自分に関しては分をわきまえているつもりです。たとえ叙爵されようと、浮かれて偉い方々にお近づきになるなんて、考えてもいません」

　仕事で関わり合いを持つことはあるとしても、そこにあるはずの境界線を踏み越えてまで、親しく振る舞うつもりはない。

(だから、アデリナ様の件をどなたかに漏らすことはありません)

　その意味で言ったのだが、思いの外真剣に耳を傾けていたウィルフレッドの返答は、予想とはやや違ったものだった。

「浮かれる必要はないが、地位や富を得たなら存分に利用すべきだ。どこにでも出入りしやすくなる上に、なんでもやりやすくなる。見たい絵画も演劇も優先的に見られるし、外国の珍しいものも手に入れやすい。『なくてもいい、欲しくない』と言うのは一見高潔なようだが、『持たない』ことによって自分がどれだけ不利益を被《こうむ》っているか知らないだけだ。より良い仕事のために君の家族が君に教養を身につけさせたように、今よりももっと良い仕事をしたいなら、高い身分を望むべきだ」

　言うだけ言うと、セシリアの手元から書き終わっていたメモをさらう。確認のため内容を目で追っていた。その、整いすぎているがゆえに硬質で冷ややかに見える横顔を見上げ、セシリアはためらいつつも口を開く。

「そう言われましても……、望みすぎて本来の目的を見失うのが怖いんです。お茶会や夜会が楽しくなったり、ひとにお世話してもらうのが当然になったり。私は普通の人間なので、恵まれた環境に置かれてしまえば簡単に堕落しそうです。扇を作るのが楽しいと思えなくなるのが怖くて……」

ウィルフレッドが、なぜか意外そうに目を瞬《またた》いて見下ろしてきた。本当に意表を突かれた顔をしていたので、セシリアもまた不安になる。「何か？」と尋ねると、ウィルフレッドはゆっくりと笑みを広げた。

「扇を作るのが今ほど楽しく思えなくて、作らずとも生活に困らないのなら、あえて扇作りにこだわる必要はどこにある？　君は上流階級の生活を堕落と考えているようだが、果たして本当にそうだろうか。茶会や夜会でたくさんの金銭が動き、生活できる者がいる。扇職人とてそうだろう。もし君自身が扇作りから離れても、君が得た資金で扇職人に仕事を与えられるのなら、その文化を保護することができる」

「それは否定しません。ただ私は、扇を作るのが好きなんです。自分が変わってしまうことで、自分の好きなものを好きに思えなくなるのが怖いんです。好きなものを好きでい続ける人生を送りたい。祖父がそうでしたので、憧《あこが》れがあります。自分が学んだ技術も、後世に伝えていきたいですし」

素直に心情を話すと、ウィルフレッドは生真面目な表情で「なるほど」と頷いた。少し間をおいてから「祖父君は亡くなったばかりだったな」といたわりの滲んだ声で続けた。

「はい。アデリナ様への白鳥扇が最後の作品となりました。お気に召したそうで、婚礼のときの衣装に合う扇も、と発注を受けていました。できるだけ急いでと仰《おっしゃ》っていたそうです」

「そうか。急いでいたのか」

ウィルフレッドが表情を消して言う。

（やはり、婚約を破棄する方向で動いているということ？　アデリナ様のお名前を、出すべきではなかったかしら。政略絡みとはいえ、結婚間近だった殿下もお辛《つら》いのでは。何か慰めになるような……）

「殿下、少しメモに足したいものがあります」

そう告げて、紙を一度返してもらうと、いくつかの材料を書き込んだ。ウィルフレッドはその紙を受け取ると、文字列にちらりと視線をすべらせてから「部下に渡しておこう」と請け合ってジャケットの内側のポケットに畳んでしまった。

それから、咳払いをしてセシリアを見てきた。

「外に出すことはできないが、部屋では寛《くつろ》いで過ごして構わない。好きな食べ物があれば用意しよう。今日《きょう》は必要な道具もないことだし、君は暇かな。一緒に茶を飲むとするか」

きょとん、とセシリアはウィルフレッドを見上げて目を瞬いた。

（どういう意味？　不便はないかって、気にしているの？）

セシリアは自分の中でそう結論づけて、「ご心配なく」ときっぱりと答えた。

「なんでもお申し付けくださいと、侍女の方から言われております。殿下にお気遣い頂かずとも、きちんと私のお願いは聞いて頂けています」

「それはもちろん、優秀な者をつけているから。そうではなく、ここで少し時間を潰《つぶ》していこうかという意味だ。私が」

「なんのために？」

「さぼり」

真面目な調子のまま妙なことを言われて、セシリアは首を傾《かし》げた。

「お忙しいのでは」

「忙しいからこそ、息抜きのタイミングは逃さない」

（堂々と言われましても）

結局それから侍女を呼んで二人でお茶を飲んだ。

部屋を出るときに、ウィルフレッドは申し訳なさそうに目を細めて「不自由な思いをさせてすまないなまた来る」と言い、セシリアの瞳を見つめてから出ていった。

閉じたドアを、セシリアもまた長いこと立ち尽くして見つめてしまった。

＊＊＊

セシリアの祖父が作るはずだった、王子妃殿下の婚礼用の扇。

（発注なさっていたということは、アデリナ様にはご婚礼に臨む意思がおありだったはず。殿下が調査を進めているのも、婚約破棄を避けるためよね！　私も殿下のお力になれたら……）

職人であるセシリアにできることは、二人が結婚する未来に願いをかけて、扇を作ることだけだ。

結婚式の衣装に合わせて、白鳥扇よりも透明度が高くて、無垢《むく》な純白の扇を。

白蝶貝を骨組みに、レースと白鳥の羽を合わせる。材料を受け取り、デザインを決めて、セシリアは扇作りを開始した。レースを編む作業から始めたので時間はいくらあっても足りない。

またたく間に数日が過ぎた。その間、熱中していたせいで記憶がほとんどない。日が落ちても窓ににじり寄り、薄明かりを頼りに作業を進めた。

「灯《あか》りもなくて、見えているのか？」

夕暮れ時。不意に、手元にランプの光を近づけられ、セシリアはぱっと顔を上げた。

部屋はすっかり暗くなっており、ランプを手にしたウィルフレッドがぼうっと浮かび上がって見えた。それもとても近い位置に。

「ええっ」

動揺したせいで、セシリアは編みかけのレースを取り落とした。慌てて手を伸ばしたところで、椅《い》子《す》が傾ぐ。

(倒れる……ッ)

無様に床に落ちると覚悟したが、予期した痛みは訪れなかった。

「驚かせるつもりはなかったんだが」

強い力で、腕を掴《つか》まれていた。そのまま元の位置に押し戻される。ウィルフレッドは床にランプを置くと、膝《ひざ》をついてセシリアが落としたレースを手に取り、跪《ひざまず》いたまま差し出してきた。

受け取ろうとセシリアが手を伸ばしたところで、目が合った。くすり、と軽やかな笑い声が響く。

「すごい集中力だ」

「気づかなくてすみません」

「責めていはいない。体に響かないかと心配している」

ふ、とウィルフレッドは息を吐き出し、ランプを手にして立ち上がった。

「ここのところ何か、かかりきりになっていたようだが」

セシリアは、とっさにレースを手の中でくしゃっと握りしめた。

(王子妃殿下のご婚礼用だなんて、殿下にはまだ言えないわ。せめて、きちんと形になってから)

どうごまかそうかと思案するも、うまく頭が回らない。それどころか、体のどこもかしこも力が抜けている。セシリアは、ひとまずウィルフレッドに微笑《ほほえ》みかけた。しかし、思った以上に、頬《ほお》の筋肉が動かない。気遣わしげな目で見られると、本当にいたたまれない。

「今晩私はここで夕食を取るつもりでいる。君と一緒に」

「私と殿下で、ですか？　どうして」

「君がろくに食事をとっていないと、私まで報告が上がってきた。ひとに会うことがないからと、鏡も見ていないんじゃないか？　閉じ込めた身としては、責任を感じる」

まさかの指摘を受けて、セシリアはとっさに顔を見られないようにと俯《うつむ》いた。ウィルフレッドは、すかさず追い討ちをかけてきた。

「無駄だ。もう見た。なかなかひどいやつれ方だ。何を作っているかは知らないが、まさか一生ここから出られないと覚悟をして、遺作でも作り始めたのか？」

「出られないんですか？」

それはさすがに困る、とセシリアは顔を上げてしまった。まったく目を逸《そ》らさずにセシリアを見下ろしていたウィルフレッドと、視線がぶつかる。

「そうならないように、動いているつもりだが。時間がかかっていることで、君の本来の仕事に影響が出ていないかはこれでも気にしている。今日、外に出る用事があったので、工房へ立ち寄ってきた。君が抜けた穴が大丈夫か、私が直接確認してきた。それは、工房の請負仕事ではないな？」

淡々と詰められて、セシリアは微笑んだまま凍りついた。

セシリアは、工房の抱える仕事について把握している。ウィルフレッドを急かした言い分に嘘《うそ》はないが、あの段階では急ぎの案件がないのは知っていたからこそ、婚礼用の扇に全力を注いでいたのだ。

（材料を取り寄せてもらったこの扇が、工房でのやりかけの仕事ではないと見抜かれている……。それも、殿下直々に確認なさっているなんて）

思った以上に気にかけられていたことに動揺し、セシリアは恐る恐る尋ねた。

「殿下が突然工房に現れたら、みんなびっくりしていたんじゃないですか？」

「べつに。隠密行動のついでに目立たぬように行った。結構普段から街を歩いているんだ、バレないものだぞ」

「隠密行動中に勝手なことをして大丈夫ですか？」

つい、セシリアは余計なことを口走った。ウィルフレッドはセシリアを見つめ、意外なほど丁寧に質問に答えてくれた。

「ついでというのは、語弊があった。工房の取引先の調査も目的に含まれていたんだ。君が秘密を知ってしまったことは厳重に伏せているが、どこかで漏れた場合、君を利用しようと近づく輩《やから》がいるかもしれない。その意味で、今後取引での接触に際して、注意を払うべき相手を示唆してきた。君の父君も勘の良いひとだ、こちらの危機感は伝わったように思う。さて話はここまで、食事にしよう」

「わかりました……」

ここまで言われたら、断れるはずがない。

（私の話をきちんと受け止めて、工房の仕事も私の今後も気にかけてくれていたなんて。しかも健康状態まで気遣いを……！　これでは、忙しい殿下にかえって迷惑をかけてしまっているわ）

ウィルフレッドは声を上げて侍女を呼び、二人分の食事の支度の指示を出した。そして、セシリアを見下ろして腕を差し出してきた。

「掴まるように。断るなら抱きかかえてテーブルまで運ぶ」

断固として言われて、セシリアは手を伸ばし、その腕に掴まる。立ち上がろうとして、足がふらつき、本格的に自分の体が弱っていることに気づいた。それはおそらく、ウィルフレッドにも伝わってしまったに違いない。やるせないため息とともに、確認される。

「食事は自分で食べられるな？　それとも私が、口まで運んだ方がいいか？」

「そこまで弱ってはおりません……っ」

王子殿下に手ずから食べさせられるなど、僥倖《ぎょうこう》を通り越して恐れ多すぎて、ほとんど悪夢である。

セシリアは即座に言い返したが、ウィルフレッドは納得しなかった様子で、続けた。

「今日一日だけでは心もとない。これから毎日来るとしよう。君に対して私は、責任がある」

その日以降、ウィルフレッドは宣言通りに毎夜セシリアの元を訪れ、一緒に食事をするようになった。

レース扇の制作にも目処《めど》が立った頃。

普段よりも早い時間の、昼過ぎに姿を見せたウィルフレッドが、見たこともない神妙な面持ちで「報告がある」と切り出してきた。

（いつもとご様子が違う。……事態が動いたのね）

セシリアが卓上に広げていた道具を片付けようとすると、ウィルフレッドは「そのままで」と制止した。そして、重々しい口調で話し始めた。

「アデリナの件は、婚約破棄ということで決着がついた。浮気の相手は、身内の恥を晒すようなものだが、叔父上だった。アデリナと私が結婚した後、アデリナを使って王城内で何かと策を巡らせるつもりでいたようだ。最終的には兄上の子を廃し、アデリナの腹に宿った自分の子が王位につくようにと。君も知っての通り、彼女は最近、結婚を妙に急いでいた。何かあるとは思っていたが、そういうことだ。妊娠が明らかな状況とあっては、どんな言い訳もできない」

身動きもできないまま、セシリアはその告白を聞いていた。

（これは、私が知っていい内容の話なの？　話しすぎなのでは）

真剣なウィルフレッドの目を見つめ、確認の意味で尋ねる。

「その件、私は生涯の秘密として、お墓まで抱えていった方がいいのでしょうか」

「その通りだ。内々に処理をしていて事実は伏せたままだからな。アデリナと私の婚約解消に関しては、アデリナが他国に留学することを理由として発表する。子どもはその地で産むだろうが、アデリナ自身が育てることはない。叔父上に関しても、もう二度と変な気を起こさないように監視付きでの蟄居《ちっきょ》となる。実際にはかなり厳しい環境に置かれるはずだ」

婚約解消は、決まってしまったのだ。

（扇に願いを込めて作っていても、現実の前には無力。妊娠まで確定事項で、殿下の御子ではないのなら、将来的にも王子妃に迎えられないのは当然……。殿下も落ち込むわよね）

セシリアは傷心のウィルフレッドを刺激しないように、言葉を選んで告げた。

「なんと言っていいものかわかりませんが、陰謀が動き出す前に阻止できたのだとしたら、良かったのかもしれませんね。殿下の婚約に関しては……残念だったと思いますが」

そこまで渋い顔を維持していたウィルフレッドだったが、きょとんとした様子で目を瞬いてセシリアを見返してきた。え、それってどういう反応？　と動揺するセシリアをよそに、「残念……？」と口の中で小さく呟いてから、念押しするかのように話し始めた。

「婚約に関しては、当初からこうなることはわかっていたので、惜しむ感情は一切ない。それよりも、残念といえば、君にとって良くない知らせがある」

眉根《まゆね》を寄せて、再び難しい表情になる。そして、ジャケットの内側のポケットから、ハンカチに包まれたものを取り出した。広げたそこには、見覚えのある白鳥扇。ただし、親骨に使った黒檀は無惨に折れている。セシリアは、自分の顔からさっと血の気がひくのがわかった。

「話し合いの最中に、激高したアデリナがこの扇を振り回して、このような状態になってしまった。壊す前に止められなくて、すまない。祖父君の最後の作品だと聞いていたので、とっさに私が拾って確保した。これを君の技術で直すことは可能だろうか」

震える手を伸ばして、破損部分に指で触れる。目を瞑《つむ》って、扇が受けたであろう痛みを想像してから、セシリアは顔を上げた。

「直します。持ってきてくださってありがとうございます」

ウィルフレッドの表情から強張《こわば》りが消えた。ほっと吐息して、頷いている。

「良かった。この件の解決をもって、君は家へと帰す。まだいくつかやることが残っているが、近いうちに、私から工房を訪ねよう。扇の修復に関しては、急ぐ必要もないが、よろしく頼んだ」

「帰れる……」

それを聞いたら、全身から力が抜けた。

(王宮での日々も終わり。私は日常へと戻る。……これで、良かったのだわ)

ほんの少し寂しい気持ちになったのは、いっときでも生活をしたこの場に、愛着が湧《わ》いてしまったせいに違いない。分不相応にも、王子殿下と食事までして過ごしたのだ。後から思い出したら、夢だったのかと思うことだろう。抱えた秘密の重さすら気にならないほど、すごく幸せな夢。

避けられぬ別れの予感を抱き、座ったままの位置からウィルフレッドを見上げる。真摯《しんし》な青の瞳と、視線がぶつかる。セシリアは、寂しさを悟られぬよう笑みを浮かべた。

「楽しい日々をありがとうございました」

すると、ウィルフレッドはくしゃっと破顔して、耐えきれなかったようにふき出す。

「お礼を言われるとは。罪なき乙女《おとめ》をさらって閉じ込めただけの悪行が、本人の中では最悪の思い出になっていないようで安心した」

そういえば軟禁中だったのだ、と今更ながらに思い出す。しかし、あまりにも日々が充実していたせいか、恨み言のひとつすら浮かばない。セシリアはとっさに、意趣返しにもならない軽口を叩《たた》く。

「それはもう、食事が美味《おい》しかったので」

「一緒に食べる相手が良かったのでは？」

青い目をきらきらと輝かせて尋ねられる。一瞬、言葉もなくその笑顔に見とれた。

（……「もちろんです」と言えたら、良かったのに）

王子殿下に対して、そんなことは言えない。ましてや、ウィルフレッドは婚約破棄したばかりなのだ。誤解を招くような言動は慎まねばならない。そうっと視線を逸らして、卓上の道具を片付けながら、セシリアは明るい声で告げた。

「今日で最後の食事になるのでしょうか。食べ納めしますね！」

「心ゆくまで、好きなだけ食べるように。私は君の食べる姿を見るのが好きだ」

思わずウィルフレッドをうかがうと、穏やかに微笑んでいた。セシリアは慌てて顔を逸らす。最後の一言を必要以上に意識しないように、道具を数えるふりをしてやり過ごした。

＊＊＊

（秘密を知りすぎたけど、生きて帰してもらえたわ。殿下自ら送ってくださって、最後まで再三私に会いに来るって言っていたのは気になるけど。もしかして、直々に監視を続けるぞって意味かしら）

　工房に戻ると、家族も職人たちもウィルフレッドから差し障りのない範囲で説明を受けていた様子で、不在の間の出来事を深く追及されることはなく、セシリアは仕事の日々に戻った。

　そんなある日のこと。「第二騎士団が工房にお立ち寄りに」と声をかけられて、席を離れて工房の入り口まで向かえば、想像通りの相手が立っていた。

「少し時間がかかったが、会いに来た。元気そうで何より」

　制服姿とはいえ、そこに立っているだけで華やかさがある、黒髪の青年。一瞬、王宮での日々が思い出されて、懐かしいような、気恥ずかしいような気持ちで胸が一杯になりながら、セシリアも「お待ちしておりました！」と答えた。心からの笑顔で。

　意表を突かれたように、ウィルフレッドが青い目を瞠る。

「待って……、そうか？　君は、私を待っていたのか」

　独り言のように繰り返し、はにかむような笑みを浮かべた。

　セシリアもまた、ウィルフレッドの笑顔を前に微笑ましい気持ちになりながら「では、いま約束のお品をお持ちしますので、ここでお待ちください」と言い置いて、工房の中へと取って返す。作業台の間を駆け抜けて、完成品の保管庫から目当てのものを取り出して走って戻った。

「お預かりしていた白鳥扇、修復は済んでおります。破損が激しかったんですが、意匠はほとんど変えていません。祖父の作った最初の状態に近いです。持ち主様が国を出るまでが期限かと、急ぎで作業を終えました。もちろん、手は抜いていませんよ」

ウィルフレッドの反応が、鈍い。無表情に白鳥扇を見ているだけで、返事もなかった。

（あら？　アデリナ様が国外へ出られること自体は、人前で口にしても大丈夫な内容のはず。何？　どうしてそんな反応なの？）

セシリアがウィルフレッドを待っていたとすれば、この件以外に考えられないはずなのに。それとも何かまた、問題でも起きたのだろうか？

不安になったセシリアは、小声で「殿下？」と呼びかけた。すると、ウィルフレッドはようやくいつものように、品のある笑みを浮かべた。

「物を粗末に扱うような相手に、大切な扇を渡すつもりはない。それは、捨てられるのを私が拾ってきたのだ。もちろん修理代は私が払うが、扇そのものは君が持っていて欲しい」

そこまで聞いて、セシリアも合点がいった。「そういうことでしたら」と大きく頷いてみせる。

「殿下は、これが私の祖父の形見だからと、受け取りを遠慮なさっておいでなのですね。もちろん私にとっても大切なものですが、それは殿下も同じはず。離れ離れになるアデリナ様を思って、ひそかに手元に置いておくことは誰にも責められません」

「君のその発想はどこから来ているんだ。こう言ってはなんだが、ひとつも合っていない」

ひとつも？　と、セシリアは途方に暮れてその顔を見上げてしまった。どこで話が食い違ったのかと、確認のために尋ねた。

「殿下はアデリナ様を大切に思っておいでなんですよね」

「どこにそう勘違いする余地があった？」

本気で不思議がっている目で見られて、さすがにセシリアは口をつぐんだ。ウィルフレッドは、感情を交えぬ声で淡々と説明してきた。

「決められた婚約者として彼女を粗末に扱ったことはないが、愛情を抱いたことはない。縁が切れてほっとしている」

「そ、そうだったんですね。全然気づかず、失礼なことを申し上げました。私は、この扇を直す前にお二人の仲が復活しますようにと、願掛けまでして作っていた扇がありまして。もしお二人の婚約が解消にならなかったら、これを……」

セシリアは布にくるんだまま手にしていた、もうひとつの扇を差し出した。

監禁生活の間に作った、婚礼用をイメージしたレース扇。

手にとって、掲げてしげしげと見ているウィルフレッドに、「もし、殿下のご婚礼が近いうちに行われることになった場合は、ぜひお相手の方にお使い頂きたいと思いまして」と未練がましく呟く。

「買おう。言い値で。素晴らしい扇だ。これは君があのとき、命を燃やして作っていたものだろう。ぜひ私の妃《きさき》となる相手に渡したい。この扇の価値がわかり、大切に扱ってくれる女性に」

ウィルフレッドが、即座に応じた。それに対し、セシリアは戸惑いながらも「光栄とは思いますが、そういうわけにはいきません」と告げる。

「ご婚礼の衣装もわからないのに、気持ちだけで作ってしまった扇です」

「準備はすべてこれからなんだ。この扇に合わせてドレスを仕立てればいい。簡単な話だ。セシリア、手を出してくれ」

言われて素直に差し出した手の上に、純白の扇が置かれる。その上から、ウィルフレッドに手を重ねられた。

「高い技術を持つ職人として、君自身の叙爵も考慮されるだろう。それは言うまでもなく、いまの仕事を続けることが前提となる。私は、この先君が他《ほか》の何かに煩わされることなく長く仕事を続けられるよう、全面的に支持する」

手の中にあるのは、セシリア自身が作った扇。慣れ親しんだその重みが、いまは違う意味で重く感じられる。

(殿下は私に対して詳しい話はなさらなかったけど、あのとき、逢瀬を目撃したことで始末されかねなかった私を、王宮内でかばってくれていたのかも。そして今後も、ご自身で私の監視を買って出ることで、口封じをするのではなく、私の身柄の安全を保証するおつもりなのでは。でも、婚礼用の扇を挟んでする会話ではないわね)

セシリアは、ウィルフレッドに目配せをして、ほんの少しにじり寄った。周囲には聞こえない音量で、囁《ささや》く。

「殿下、差し出がましいことと思いますが、いまのは頂けませんよ。私でなければ、殿下の妃に望まれていると勘違いしかねないシチュエーションです」

ウィルフレッドは、天を仰いだ。何かぶつぶつと、独り言を口にしていた。

「……ああ、なるほど。いまのはたしかに、私が悪い。相手が君であることを考慮していたはずなのに、それでもまだ全然足りなかった」

聞こえてしまったセシリアは、思わず首を傾げて聞き返した。

「何が足りないんです？」

ゆっくりと、セシリアに向き直ったウィルフレッドは、いやによく透る声ではっきりと答えた。

「求愛」

「きゅ……求愛……っ!?　えっ……!?」

ウィルフレッドは、セシリアの手を下からも大きな手で包み込み、ダメ押しのように重ねて言った。

「君を妃に迎えたいという意味だ」

「平民の私には、ちょっとわからない言葉です……」

「妻だ。妻で伴侶《はんりょ》だ。これで通じただろうか」

じわじわと言葉が染みてきて、セシリアは顔に血がのぼってくるのがわかった。頬が熱い。視線を落とせば、重ねたままの手が視界に入ってきて、急にドキドキと胸が痛いほどに鳴り始めた。

（王子妃様ご婚礼用の扇を私が作って、殿下がそれを買って私に渡して……。殿下は婚約破棄なさったばかりで、新たに婚約をなさっていないから求婚は可能だとしても……？）

「どうして私なんですか？」

「話すのはやぶさかではないが、長くなる。早速今から始めていいのか？　仕事中では？」

真面目な調子で言われて、セシリアは頬を染めたまま言い返す。

「そんな大事な話を、ついでのように言いに来ないでください」

「わかった。では日と場所を改めて。逃げないように」

笑顔で釘《くぎ》をさされる。セシリアは、何か言わねばと思うものの、胸がいっぱいでなかなか言葉が出てこない。

「逃げたりは、しないです。逃げる理由も……ありませんし」

かろうじて、それだけ言った。

「それは結構なことだ」

ウィルフレッドは、セシリアを見つめてにこりと笑って、頷いた。


その後、いくつもの紆《う》余《よ》曲折はあったものの。王子と職人は困難を乗り越えて、盛大な結婚式を挙げることになる。

妃となった後も、セシリアは職人としての生き方を手放すことはなかった。その傍らには、深い理解を示し、常に彼女を守り続けたウィルフレッドの存在があった。

王子と職人。二人の恋物語は、後々まで長く語り継がれることとなる。

塩対応の結婚相手の本音らしきものを、
従者さんがスケッチブックで暴露してきます

間《ま》咲《さき》正《まさ》樹《き》

ill. 鳥飼《とりかい》やすゆき

「あら？」

王家が主催する華やかな夜会の最中。さっきまで隣にいたはずの婚約者のローマンの姿が、いつの間にか消えていることに気付いた。

もう、この後二人で国王陛下に挨拶《あいさつ》に行く予定だったのに、どこに行っちゃったのかしら。私は多くの貴族で溢《あふ》れかえっている会場の中をくまなく探し回ったが、そのどこにもローマンは見当たらなかった。会場の外に出ちゃったのかしら。ホント勘弁してよ……。

私は溜《た》め息を一つ零《こぼ》してから、ローマンを探しに会場からこっそりと抜け出した。

「なあ、少しくらい、いいだろ？」

「ふふ、悪い人ね」

「――！」

人気のない薄暗い裏庭を通りかかったその時。ローマンと若い女性の会話が耳に入ってきた。

ローマン……？

言いようのない不安を胸に、声のしたほうにそっと歩み寄ると、そこには――。

「ロ、ローマン……!?」

ローマンと給仕係の女性が、月明かりの下で甘いキスを交わしていたのである――。

「あ、やっべ」

「あら」

私に気付いたローマンは、浮気現場を目撃されたにもかかわらず、飼い主に悪戯《いたずら》のバレた子猫みたいな、無邪気な顔をしている。給仕係の女性も、特に悪びれた様子もなく、むしろ私のことを見下すように、不敵な笑みを浮かべた。

な、なんなのよこの二人……。

私は目の前にいる二人が、人間の形をしているだけの別の生き物に見えてきて、途端に吐き気がした。

「……これはどういうことなのローマン？」

私は胸を押さえながら、やっと声を絞り出す。

「んー、どうもこうも、単なる一夜限りのラブロマンスってやつさ」

「ふふ、そういうことです」

「――！」

一夜限りの……ラブロマンスですって……？　私は言葉の意味が理解できず、無言で立ち竦《すく》む。

「俺《おれ》もまあ、貴族の端くれだからさ。女遊びの一つも覚えてないと、男としての沽券《こけん》に関わるってわけよ。自分の旦那《だんな》になる男が周りからバカにされたら、お前だって嫌だろ、フリーダ？」

「……なっ」

「ふふ、ローマン様の仰《おっしゃ》る通り、これはあくまで貴族の遊び。ですからどうか、お気になさらないでください」

「ふ、ふざけないでよッ!?」

まるで私のためにやっているとでも言いたげな二人の不遜《ふそん》な態度に、思わず声を荒らげる。

二人の姿が水の膜で歪《ゆが》む——。

「……今までも、何度もこんなことを繰り返してきたのね、ローマン？」

思えば過去にもたびたび、夜会の最中にローマンが姿を消すことがあった。何をしていたのか訊《き》いても、「ちょっと野暮用」としれっとした顔で答えるばかり。嫌な予感は抱きつつも、ずっと目を逸《そ》らしてきた私も悪かったかもしれない……。

でもまさか、こんな最低なことをしていたなんて——！

「何が貴族の遊びよッ！　ただの浮気の口実に、貴族の名を出すんじゃないわよッ！」

「オイオイそんな怒んなよフリーダ。ホントお前はいつまで経《た》ってもお子様だな。お前も貴族令嬢だったら、男の浮気の一つや二つ、許せるくらいの度量は持てよ」

「そ、そんなの許せるわけないじゃないッ！　私は絶対嫌よ！　浮気をなんとも思ってない男と結婚するなんて……！」

「あーもーメンドクセー。俺だってお前みたいな、真面目《まじめ》なだけで可愛《かわい》げのない女と結婚するなんてゴメンだね。お前との婚約は、今この場をもって破棄だ。精々その薄っぺらい道徳心を後生大事にして、つまんねー人生を送るんだな」

「……っ！」

なんでそこまで酷《ひど》いことを言われなきゃいけないの……？　私は何も、間違ったことは言ってないはずなのに……。涙が溢れてとてもその場にいられなくなった私は、二人に背を向け駆け出した——。

背中から二人の、「可哀想《かわいそう》な女だろ？　あいつ」「ふふ、そうね」という嘲《あざけ》る声が聞こえてきた……。

「きゃっ!?」

「……大丈夫か？」

「――！」

涙で前がよく見えなかったせいもあり、曲がり角で背の高い男性とぶつかってしまった。

「た、大変失礼いたしました！　慌てていたものですから……」

「君は……」

「あっ……」

ドレスの袖《そで》で涙を拭《ぬぐ》い顔を上げると、そこに立っていたのはなんと、名門バラデュール侯爵家の嫡男、リヒャルト様だった。リヒャルト様のお父様であるバラデュール侯爵閣下は、農林水産省の大臣を務められている偉大な方で、バラデュール家が保有する領地面積は王国屈指。うちみたいな弱小子爵家とはまさに月とスッポン。

そしてそのバラデュール家嫡男であるリヒャルト様も、貴族学園を歴代最高の成績で卒業した超天才で、サラサラの流れるような銀髪に、氷のように冷たい碧い瞳、そして一流の技師が作り出した人形のような、恐ろしく均衡の取れた表情が一切読み取れない美しすぎる顔《かんばせ》から、畏敬の念を込めて世間から『魔王』と呼ばれている雲の上のお方。私も一年前の夜会で、一度だけ偶然会話する機会があったのだけれど、本来なら私が話し掛けることすら不敬に当たる存在だ。

そんなリヒャルト様が、刺すような氷の瞳《ひとみ》で私を見下ろしている。嗚呼《ああ》、よりにもよってリヒャルト様にこんな醜態を見られてしまうなんて……。いっそもう死にたい……。

「……何かあったのか？」

そう言うリヒャルト様の言葉には一切温度が感じられず、お顔も人形のように無表情。

「な、なんでもありません。——失礼します！」

「……」

いたたまれなくなった私はリヒャルト様をその場に残し、夢中で駆け出した。再度視界は水の膜で歪んだ。

今日《きょう》は人生最悪の日だ——。


こうして私はローマンから婚約を破棄された。案の定ローマンは、今までも数え切れないくらいの女性と『貴族の遊び』を重ねていたらしい。ローマンの実家からは多額の慰謝料を貰《もら》ったものの、私の心には分厚い雲が掛かったままだった。ローマンの裏切りは、私の心と貴族令嬢としての経歴に深い傷を残した。理由はどうあれ傷物となった私と、新たに婚約してくれる物好きな令息はいない。半ば生涯を独り身で終える覚悟を抱いていた、そんなある日のことだった——。

「た、大変だフリーダ！　お前に、結婚の打診が届いたぞ!?」

「っ!?」

お父様が血相を変えて、私の部屋に駆け込んで来た。そ、そんなバカな……!?

「お、お相手はどなたですか、お父様」

「うん、それがな……。なんとお相手はあの、バラデュール侯爵家の嫡男、リヒャルト様だ」

「………なっ」

この時の衝撃を、私は一生忘れないだろう。

桜の蕾《つぼみ》が長い眠りから目覚めたばかりの、麗《うら》らかなある日。私は実家から三日も掛けて、一人バラデュール侯爵家へ嫁ぐための馬車の中で揺られていた。

「ふぅ……」

私の実家の領地も、バラデュール家の領地も、緑が多いという点では共通しているが、私の実家が開拓する余裕がないため自然のまま放置せざるを得ないのに対し、バラデュール家の領地はさながら広大な自然公園の如《ごと》く、隅々まで管理が行き届いており、計算し尽くされた自然の豊かさと美しさが私を圧倒した。

改めて両家の格の違いに戦々恐々とする。未《いま》だに何かの手違いなんじゃないかという疑念が拭えない。だって何度思い返してみても、私とリヒャルト様の間に接点なんてろくにないのだ。だというのにバラデュール侯爵閣下は、是非うちの息子の嫁に欲しいと、私を激推ししてくださったらしい。

バラデュール侯爵閣下はヤバめの幻覚を見てらっしゃるのでは??

バラデュール家の屋敷が近付くにつれて、私の胃はどんどん重くなってきた……。

「……わぁ」

屋敷に着いた私は、そのあまりに大規模な佇《たたず》まいに、思わず溜め息を漏らした。ざっと私の実家の十倍以上はある。むしろ屋敷というよりは、城といったほうがしっくりくる外観をしていた。こ、こんなところに今日から私は住むの……!?　うぅ……、また胃が痛くなってきた……!

「ようこそおいでくださりました、奥様」

「――!」

そんな私のことを、数え切れないくらいの使用人を従えた初老の男性が出迎えてくれた。総白髪の長い髪を後ろで一本に結び、左目にはモノクル。皺《しわ》一つない執事服に身を包んだ一切隙《すき》のないその立ち姿は、さながら歴戦の勇士を彷彿《ほうふつ》とさせた。

「私は家令のハンネスと申します。どうか末永くよろしくお願いいたします、奥様」

「ど、どうも……」

折り目正しく頭を下げるハンネスさんに、私もたどたどしく礼を返す。そうか、書類上では既に入籍を済ませてたから、私はもうリヒャルト様の妻なのか……。結婚式すら挙げていないし、そもそも先日の夜会以来、今日が初の顔合わせだから、全然実感が湧《わ》かない。むしろいくら親の意向とはいえ、私みたいななんの長所もない傷物令嬢を勝手に妻にあてがわれて、さぞかしリヒャルト様も迷惑していることだろう。

先日の夜会の時に見た、リヒャルト様の氷のような冷たい瞳が頭をよぎる。嗚呼、正直もう帰りたいわ……。まあ、そんなこと許されるわけないけど……。

「長旅でお疲れのところ大変恐縮ですが、坊ちゃまがお待ちです。坊ちゃまにお顔をお見せいただけますか」

「は、はぁ」

坊ちゃまというのはリヒャルト様のことよね？　社交辞令とはいえ、リヒャルト様が私を待ってるなんて、心にもないことを言わなきゃいけないハンネスさんも大変ね。……あ、でも。

「リヒャルト様にももちろん挨拶はさせていただきますが、バラデュール侯爵夫妻は、どちらに？」

義理の両親となるバラデュール侯爵夫妻にも、挨拶は欠かせない。

「ああ、旦那様と大奥様は、ここから馬車で二日ほど行ったところにある本邸にお住まいでございますので、こちらにはいらっしゃいません」

「……え」

「こちらは坊ちゃま専用のお住まいである別邸でございますので」

こ、この規模で別邸なの!?

「旦那様は今の時期、業務が大変立て込んでおりますので、奥様が旦那様にご挨拶なさる機会は、早くとも来月以降になるかと存じます。どうかご理解ください」

柔和な笑みで会釈するハンネスさんに、私は「あ、はい」というマヌケな返事しかできなかった……。

「ここが坊ちゃまのいらっしゃる執務室でございます。では私はこれで」

「あ、ど、どうも」

ハンネスさんに案内された執務室の前で、一人佇む私。この中にリヒャルト様が……。心臓がドクドクと早鐘を打つ。うぅ……、正直とても怖いけど、今更後には引けない。私は一つ深呼吸をしてから、豪奢《ごうしゃ》な扉をノックした。

　すると——。

「入れ」

　リヒャルト様の低くよく通る声が、私の鼓膜を震わせた。私は震える手で扉を開ける。広々とした執務室の中は、恐ろしいほどに隅々まで整理整頓が行き届いており、リヒャルト様の几帳面《きちょうめん》さが表れているようだった。そして執務室の中央に立つリヒャルト様は、先日の夜会の際に着ていたきらびやかな衣装とは一転して、カジュアルな服装に身を包んでいるものの、それでも醸し出す高貴さはまさしく『魔王』のそれだった。リヒャルト様の斜め後方には、従者さんと思われる桜色の髪の男性が、太陽みたいなにこやかな笑みを浮かべながら無言で立っている。

　私はふうと軽く息を吐いてから、リヒャルト様にうやうやしくカーテシーを取った。

「リヒャルト様、このフリーダ、本日よりあなた様の妻として精一杯務めさせていただきます。何卒よろしくお願い申し上げます」

　だが、リヒャルト様から返されたのは、「……ああ」という素っ気ない返事だけ。『魔王』の冷たくも美しい瞳が私を刺す。でも然程《さほど》ショックはなかった。リヒャルト様にとっては、親が勝手に決めた望まぬ結婚なのだから、こんな態度になるのも無理もないというもの。私は自分の立場を弁《わきま》え、あくまでお飾りの妻として役目を果たすまでよ……。

　……ん？　その時だった。リヒャルト様の後方でずっと笑顔で佇んでいた従者さんが、どこからともなくスケッチブックを取り出し、物凄《ものすご》い速さでそこに何かを書き始めた。

い、いったい何を……？　従者さんはスケッチブックをリヒャルト様の後頭部辺りにそっと掲げた。

そこにはこんな文章が書かれていた――。


『ふわあああん!!　俺のバカバカバカ!!　なんであんな素っ気ない返事しかできなかったんだよおお!!!!　ホントはフリーダのことが好きで好きで堪《たま》らないのに!!!!　婚約破棄されたって知った時は、「ヨッシャアアアア!!!!!!」ってガッツポーズして、速攻で父上に結婚の打診をするように土下座までしたのにッ!!　でも、愛《いと》しのフリーダを目の前にしたら、緊張してうまく喋《しゃべ》れねえよおおお!!!!!!』


――えっ!?!?　何これ!?!?　まるでリヒャルト様の、心の声を代弁してるみたい……。

あまりの意外すぎる従者さんの悪戯に、私はポカンと口を開けてマヌケ面を晒《さら》してしまった。

「どうかしたか？」

「い、いえいえいえ!?　ななな、なんでもありません！」

「……そうか」

なんとなくだけど、この従者さんの悪戯はリヒャルト様にはバレてはいけないような気がして、咄《とっ》嗟《さ》に誤魔化してしまった。

……あら？　従者さんはおもむろにスケッチブックをめくると、またしても目にも止まらぬ速さで何かを書き、それを掲げた。

そこにはこう書かれていた――。

『嗚呼!!　やっぱさっきの俺の塩対応にドン引きしてるんだあああ!!!!　どうしようどうしようどうしよおおお!!!!　フリーダに嫌われたら俺、断崖絶壁からあの世にダイブするしかねえよおおおお!!!!!!』

そんなッ!?

「本当に大丈夫かフリーダ？　顔色が悪いぞ」

「だ！　だだだだだ大丈夫です!!　この通り、元気ハツラツです!!」

「……そうか」

まさかリヒャルト様が、そんなことを思っていたなんて……。い、いやいやいや、目を覚ましなさい私！　これはあくまで、従者さんの悪戯に過ぎないんだから！　これがリヒャルト様の本心だなんて保証は、どこにもないのだから……。

「……まあいい、とりあえず自室で休め」

「は、はい、恐縮です」

従者さんの悪戯のお陰か、リヒャルト様からのお言葉に、優しさが籠《こも》っているようにも感じる。

――ありがとうございます従者さん。まやかしに過ぎないのかもしれませんが、お陰様で私、この家でやっていけそうです。感謝の気持ちを籠《こ》めた瞳で従者さんを見つめると、従者さんは慈愛に満ちた、天使のような笑顔を向けてくれた。

「フリーダ、少し今いいか？」

「は、はいッ！」

そして迎えたその日の夜。十人ものメイドさん達にお風呂場で入念に身体《からだ》を洗われ、よくわからない乳液やらパウダーやらを全身にまぶされた挙句、スケスケのネグリジェ姿で自室に待機させられていたところに、リヒャルト様から扉越しに声が掛かった。望まぬ結婚とはいえ、表面上は私はリヒャルト様の妻となったのだから、こういった夜の務めも役目のうちなのは理解している。

でも、今までそういった経験は一切なかったうえ、つい先日ローマンに裏切られた心の傷がまだ癒えていないこともあり、男性とそういう行為をすることに対して、恐怖心がないと言ったら嘘になるのが正直なところだった。

——それでも逃げるわけにはいかない。私は震える手で扉を開け、リヒャルト様を迎え入れようとした。

すると——。

「——え」

「？　どうかしたか、フリーダ？」

リヒャルト様がいるのはいい。だが、リヒャルト様の斜め後方には、桜色の髪の従者さんも、笑顔で佇んでいたのである。

従者さんもご一緒なの!?!?　上級貴族ってこれが普通なんですか????

「大事な話があるんだ、フリーダ」

「は、はい……！」

ああ、いくらリヒャルト様のお願いとはいえ、三人ではちょっと……！　三人ではちょっとおおお……!!

「……しばらくは、寝室は別々にしたい」

「…………え？」

が、リヒャルト様からの真逆の言葉に、私はまたしてもマヌケ面を晒してしまう。あ、ああ、そういうことですか……。私ったら、何を一人で思い上がっていたのかしら、恥ずかしい……！　リヒャルト様にとっては望まぬ結婚だって、ついさっき自分で確認したはずじゃない、もう……！　そうよね、リヒャルト様は私を抱くつもりなんて、端《はな》からなかったんだわ……。

……ん？　その時だった。またしても従者さんがスケッチブックを取り出し、そこに何かを書き、リヒャルト様の後頭部辺りに掲げた。

『ふおおおおおお!!!!　フリーダのネグリジェ姿の破壊力パねえええええええ!!!!　これは寝室別にして正解だったわッ！　こんなフリーダと同じベッドで寝たら、鼻血ブー確定だもんよ！　そんなことになったら、フリーダにドン引きされてトラウマ一直線だっつーのッ!!』

リヒャルト様⁇⁇

「フリーダ？　ひょっとして長旅で疲れているのか？」

「い、いえいえいえ⁉　疲れは綺麗《きれい》サッパリ吹き飛びましたので、どうかお気になさらず……！」

「……そうか」

そんな私とリヒャルト様の遣《や》り取りを、ニコニコしながら無言で眺めている従者さん。もう、あまり私をからかわないでくださいませ……！

「わぁ」

そして迎えた翌朝。昨日《きのう》はゆっくり見て回る暇がなかった別邸の裏庭に出てみると、そこにはチューリップや菜の花やポピーといった春を代表する花々が、辺り一面所狭しと敷き詰められていた。

凄い……！

「昨日はよく眠れたか、フリーダ」

「あ、はい。おはようございます、リヒャルト様！」

そこに偶然、リヒャルト様が通り掛かった。その斜め後方には、笑顔の従者さん。今日のリヒャルト様もいつもながらの無表情だけれど、従者さんの悪戯のお陰で、心なしかリヒャルト様のお顔にも色が差しているようにも見えるから不思議なものだ。

「何を見ていたんだ」

「ええ、この素敵なお花達を！　こんなに綺麗な花景色、私の実家では見たことなかったもので」

「……そうか」

すると従者さんがまたしてもスケッチブックに何かを書き、それを掲げた。

例のやつキタッ！


『いやいやいや、綺麗なのはフリーダのほうだっつーのッ!! こんな花達を百億本集めたとしても、フリーダの美しさの百億分の一にも満たないっつーのッ!! 嗚呼、俺に文才があれば、フリーダの美しさを十万ページにわたって綴《つづ》った詩集を出版するのに……！』


それは最早テロでは!?

「俺の顔に何か付いてるか、フリーダ？」

「い、いえいえいえ!? ななな何も!?」

「そうか」

ただあなた様の後ろには、悪戯好きの従者さんが付いておられますが！ あっ！ また従者さんが何かを書き始めたわ！ こ、今度は何を……？


『嗚呼……、それにしてもフリーダと結婚できたなんて、今でも夢みたいだ……。一年前の夜会で、飲めない酒を飲んでぐったりしていた俺に、優しく声を掛けてくれたのがフリーダだった。――女神が現れたと思った。あの日から俺にとって、フリーダだけが心の支えだったんだ』

ああ、ありましたねそんなことも！　もしこれが本音だとしたら、リヒャルト様の今までの一連の行動も辻褄《つじつま》が合うけれど……。きっとそれは幻想よね？　答えを求めてふと従者さんに目線を向けると、従者さんはいつもの笑顔を浮かべながら、無言で佇むだけだった——。

——その後も従者さんは事あるごとに、リヒャルト様の心の声（っぽいもの）を、スケッチブックで私に教えてくれた。そこにはリヒャルト様がいかに私のことを愛しているか。そしてその気持ちを素直に言い表せないことを、どれだけ悔いているかが赤裸々に綴られていた。表では常に冷静沈着で無表情なリヒャルト様が、裏では超ハイテンションで『ふわあああああん!!』となっている様を想像すると、そのギャップがあまりにも可愛くて、いつしか私の心はリヒャルト様のことでいっぱいになっていた。

……でも、これはきっと私の片想《かたおも》い。勝手に心が通じ合っていると期待して、もし違っていたら二度と立ち直れないわ……。それを確かめる勇気は、とてもではないけれど、今の私にはなかった——。

——そんなある日。

「フリーダ、今日は二人で出掛けるぞ」

「は、はい！」

朝食の最中、リヒャルト様から望外のデートのお誘いを受けた！

いや、リヒャルト様はデートのつもりはないのかもしれないけど、私にとっては紛れもないデートだ！　リヒャルト様と二人でお出掛けすることをメイドさん達に伝えると、またしても十人掛かりで入念に、化粧にドレスの着付けにと気合を入れられた。いつも思ってたけど、いくらなんでも十人は多すぎないかしら??


「もう少しで着くからな」

「は、はい！」

「ほら、あそこが目的地だ」

「――わあ、綺麗！」

そしてリヒャルト様に連れて来られたのは、辺り一面、満開の桜で彩られた広大な公園だった。馬車に揺られること一時間弱。馬車の中でのリヒャルト様は、いつも通りほとんど無言ではあったものの、時折「馬車に酔ってはいないか？」と私を気遣ってくださった。その優しさに胸がいっぱいになる一方、そんな思わせぶりな態度は取らないでほしいという相反する感情が渦巻いている私は、本当に面倒くさい女だと自分でも思う……。

公園に着いた途端リヒャルト様は先に馬車から降り、手を差し伸べて私をエスコートしてくださった。ドキドキしながらその手を取って馬車から降りると、目に映る風景が全て桜一色。

「この桜は我が領地の名物でな。これだけの桜を揃《そろ》えているのは、国内でもここだけだろう」

腕を組みながら桜を見上げるリヒャルト様は、どこか誇らしげだ。

「はい、本当にお見事だと思います。……神々しさすら感じます」

私は神が作り出した芸術品とも言える光景に、暫《しば》し見蕩《みと》れた。

……お？　その時、いつもの如く従者さんがスケッチブックを掲げた。

『喜んでくれたようでよかった……！　これで少しは好感度を上げられたかな⁉　うううう、勇気を出してフリーダをデートに誘った俺マジグッジョブ‼　桜に見蕩れてるフリーダたん、ギャンカワだよおおおおお‼‼』

フリーダたん⁉⁉　……ふふ、好感度を上げるも何も、私の中のリヒャルト様への好感度は、とっくにマックスですよ。リヒャルト様の本心は未だにわからないですけど、少なくとも私に対する言動の端々に優しさは感じますし、一見冷たそうなリヒャルト様が実は情に厚い方だというのは、今の私は知ってますから。

……あら？　従者さんはスケッチブックをめくると、新しい文章を書き始めた。

――それはこんなものだった。

『……でも、このままじゃダメだよな。――やっぱ気持ちはちゃんと言葉にしないと』

――え⁉　リ、リ、リヒャルト様⁉

「――フリーダ」

「!?　は、はい……！」

リヒャルト様がいつになく真剣な表情で、私をじっと見つめる。その瞳に燃えるような熱が籠っている気がして、私の体温は急激に上がった。

「——今まで君に冷たい態度を取っていたこと、深く後悔している。——本当にすまなかった」

「——！」

リヒャルト様は背筋を伸ばして、私に頭を下げた。リヒャルト様——！

「そんなッ！　お顔をお上げくださいリヒャルト様！　……私はまったく気にしておりませんわ」

「そ、そうか！」

ガバリと顔を上げたリヒャルト様は、普段からは想像もできないくらい、満開の桜みたいな笑顔を浮かべていた。

はうっ!?　む、胸が……！　胸が苦しい……!!

「フリーダ、今から俺が言うことは、紛れもない本心だ」

「——!?」

リヒャルト様は私の両手を、ギュッと握ってきた。

リヒャルト様!?!?

「——俺は、心の底から君を愛している」

「リ、リヒャルト様……」

嗚呼、どうしよう。涙で歪んで、せっかくのリヒャルト様のお顔がよく見えない……。

「どうかこれからは、本物の夫婦として、生涯を俺と共に生きてほしい」

「――はい、喜んで。――私もあなた様のことを、心の底から愛しております、リヒャルト様」

「――！　フリーダッ!!」

「きゃっ!?」

感極まってしまったリヒャルト様は、私のことを強く抱きしめてきた。

リヒャルト様の胸板、なんて逞《たくま》しいのおお!!!!

で、でもリヒャルト様、流石《さすが》に従者さんの前でこれは、ちょっと恥ずかしいというか……。

「……あら？」

その時だった。従者さんの立っていたところに目線を向けると、そこには誰《だれ》もおらず、一際神々しい桜の樹が鎮座しているだけだった。

「従者さん!?」

「従者？　なんのことだ？」

「あ、いえ、いつもの従者さんの姿が、急に見えなくなってしまって……」

「いつもの従者？　どういうことだフリーダ？　俺は従者はつけない主義だぞ」

「――え」

そ、そんな――！　言われてみれば、リヒャルト様はここに私を誘う時も、「二人で出掛けるぞ」と言っていた気がする……。リヒャルト様が従者さんと話しているところは見たことがないし、そういえば私は従者さんの名前すら知らない――。

「で、でも、いつもリヒャルト様の後ろには、笑顔の従者さんが立ってましたよね？」

「……！　なるほど、きっとそれは『チェリアール』だな」

「チェリアール⁇」

とは⁇

「我が領地に代々伝わる、桜の樹に宿る精霊だ。桜が咲く季節に、心が美しい者の前にだけ現れ、幸福をもたらすと言い伝えられている。——きっとフリーダの心が誰よりも美しかったから、フリーダにだけはその姿が見えていたんだろう」

「……」

そう。そういうことだったのね。

——ありがとうチェリアール。

あなたのお陰で、私とリヒャルト様はお互いの本心を伝え合うことができたわ——。

感謝の気持ちを籠めた瞳で桜の樹を見つめると、桜の樹《それ》は慈愛に満ちた、天使のような笑顔を向けてくれた——ような気がした。

私の目はどこかおかしいようです

高《こう》月《づき》水《みな》都《と》

ill. 由《ゆ》貴《き》海《かい》里《り》

「君は私を怖く思わないのか？」

結婚して半年。愛《いと》しの旦那《だんな》さまに問い掛けられた。

そよそよと気持ちいい風の入ってくる執務室。旦那さまは集中してしまうと休憩を忘れて籠《こも》ってしまうので時間になったらお茶とお菓子を持っていき、無理やり休憩をしてもらうよう突撃するのが日課だ。仕事の区切りが付かない場合は分かる範囲で手伝うこともあったりする。

旦那さまの部下の方にもその日課を作るようになって喜ばれて、部下の方も邪魔しないように部屋の端でお茶を飲んで休憩中だ。

「怖い？　ああ、軍の訓練とかの鬼軍曹ぶりは怖いかもしれませんね。でも、部下を死なせないように厳しくしているのかと思うと怖いなど思いませんが」

誰《だれ》かのために優しくできる人は多いかもしれませんが、誰かのために厳しくするのは難しいですからね。

のほほんと答えると、

「違う。そうじゃない」

と突っ込みが入る。

「ああ。だから、半年経《た》ったのに逃げないし、怯《おび》えないし、普通に会話するんだな……」

不思議なことを呟《つぶや》いて旦那さまが口元を手で押さえる。

逃げる？

怯える？

「怯えるようなことをしましたっけ？」

テーブルの上にお茶の用意をしながら首を傾《かし》げる。

「普通。閨《ねや》で怯えると思うが……私が怖いだろう」

テーブルの上のお茶のセットに視線をやりながら旦那さまが告げるのを聞きながら、いきなり閨と言われて顔を赤らめる。

「い、嫌ですわ……こんな昼間から……」

頬《ほお》に手を当てて熱くなった顔を見られないように背を向ける。

「……本当に恐ろしくないのだな」

信じられないと呟かれて、どうしたのだろうかと旦那さまに視線を向ける。

魔を払うと言われる綺麗《きれい》な銀色の髪。

深い深い夕暮れを思わせる紫の瞳《ひとみ》。

物語によく出てきそうな綺麗な顔立ち。

美人は三日見れば飽きると言うけど、旦那さまに関しては飽きる要素がないなと思いつつ、どこからどう見てもいつもの旦那さまだったが、

「怖くないですが……今日《きょう》の旦那さまは目立って……いつもと印象が違いますね。イメチェンでもしましたか？」

じっと間違い探しをしている気持ちで凝視していると、

「オリビアにはそんな風に見えていたんだな」

と意味不明なことを呟かれて、再び首を傾げた。

数年前、呪術王《じゅじゅつおう》と名乗る存在が、あっという間に世界の大半を支配していった。

抵抗しようとした国は、兵士が石像化したり、氷漬けされたり、最初に支配された国は王族が洗脳状態であった。

抵抗する者は誰もが呪《のろ》いを掛けられて、ある者は自信のあった剣技を奪われ、魔力を消されて、一気に老いぼれの老人に姿を変えた。

そんな呪術王から世界を救うために旦那さまを含む数人が神の啓示を受けて、神の武器を借りて呪術王を倒した。

呪いと引き換えに——。

『オリビア。アークライル伯爵に嫁いでくれないか？』

お義父《とう》様に申し訳なさそうに言われた日のことを覚えている。

呪術王によって被害が酷《ひど》かった場所の復興に貢献したということで男爵位を得たお義父様は躊躇《ためら》うような感じで何度も口を開いては閉じ、開いては閉じてを行い、ようやく告げたひと言。

王命によって呪術王を倒した英雄——アークライル伯爵の元に娘を嫁がせるように言われたそうだ。

『お前をそんなつもりで養女にしたわけではないのに……』

呪術王によって身内を喪《うしな》った平民の私を呪術王が現れる前に病気で亡くなった娘と同じ赤茶色の髪だから重ねてしまったと告げて、養女にしてくれたお義父様はずっと詫《わ》びていた。

アークライル伯爵はかつてこの国の第三王女の婚約者だった。元々、英雄として評判で第三王女に嫁がせるために爵位を与えたとか。

で、呪術王を倒したら結婚と言われていたが、呪いを受けて、婚約破棄となったとか。

ちなみに呪いの内容は知らない。

『王女様との婚約が破棄となった後、いろんな女性とお見合いしたがことごとく失敗したとか』

呪いの所為《せい》で。

そして、私に白羽の矢が立ったのだ。

すまないすまないと謝るお義父様に恩を返せる機会だと受け入れた。

だが――。

お会いしたガルディン・アークライル伯爵は、どこが呪われたか分からなかった。

ただ呪いによって、人を信じられなくなった人であった。

そんな旦那さまと一緒に過ごして、半年が経った。

その半年の間に旦那さまの良いところはしっかりと見せてもらった。

亡くなったお母さんは結婚する前はしっかり夫になる人を観察して、いいところと悪いところを見極めて結婚するか考えなさいと何度も言っていた。

そして、夫になる人の性格を見極めてから、その周辺の人も見ておけと。

……どうも、お母さんは結婚前にいろんな男の人に騙《だま》されかけて大変な目に遭ったようだ。そこで助けてくれたお父さんの人柄を見て結婚したとか。

お父さんはクマみたいな外見で怯える人が多かったが、外見を気にせずに付き合ってくれる人は皆いい人ばかりで信頼できる人が多かった。

そんな昔話をしたらお義父様は、

『オリビアの父君はまるで試金石のような方だったのだな』

と優しい眼差《まなざ》しで笑っていた。

なので、結婚する前は確認できなかったので結婚してから旦那さまの様子をじっと見定めていた。

旦那さまは常に厳しく部下に訓練を付けていた。

部下が戦場で死なないようにと。

……呪術王は倒したが、まだその傷跡が多く残っていて、国を喪った者たちや家も家族もなくなった人たちが夜盗崩れになって襲うこともあったり、まだ安定することがない日々で部下と共に出ていくことも多かった。

任務でケガをした部下には医療費を用意して、医者も紹介した。

亡くなった部下の遺族には生活に困らないように支援してきたし、領民が安心して暮らせるように警備を充実させていた。

お優しい方だと思ったのはそれだけではない。

閨ではまあ……いろいろあったけど、その後辛《つら》くならないように薬を用意してくれたり、身体《からだ》にいいものを食事に出してくださった。

気が付いたらお茶の時間に大好きなお菓子が出るようになったし、危険区域以外好きにしていいとまで言われた。

図書室で読んでいた本で面白いと思っていたものもシリーズをいつの間にか取り寄せてくれていた。

そこまでされて、嫌いになどなれるはずもなく、気が付いたら旦那さまの執務室にお菓子とお茶を持って休憩を促して、仕事の手伝いをするまでになっていた。

どうして、ここまで素晴らしい方がお見合いで悉《ことごと》く失敗していたのか理解できなかった。

呪いの所為だとは思うが、未《いま》だに何の呪いなのかさっぱり分からない。

旦那さまの執事さんや秘書さんに尋ねたら揶揄《からか》っているんですかと本気で聞かれたほどだ。

旦那さまはお茶を入れ終わったティーカップをぼんやりと眺めながら、

「実は、英雄の一人と再会した」

といきなり言い出した。

英雄の一人……いつ会ったのだろうか。お仕事中？　それとも会いに行ったのだろうかと考えていると、

「あいつも呪いを受けているが……そいつが」

ティーカップを眺めていた視線がこちらに向けられ、

「いや、いい」

「？」

何かを言い掛けて止まってしまった。

「オリビア」

「はい」

呼ばれて返事をすると、旦那様の紫の瞳と目が合った。

「王城で式典が行われる」

式典？

「呪術王を倒した式典だ。本当はもっと早めに行うはずだったが、いろいろあったからお流れになっていたんだ」

いろいろの部分はきっと旦那さま含む英雄たちの呪いがあったのだろう。旦那さまの顔が歪《ゆが》んでいる。

「それは、おめでとうございます」

「その式典に妻であるオリビアも招待されている」

行くかと不安げに尋ねられる。

「旦那さま……？」

「一緒に行くか？」

「えっ……？　留守番ですか？」

当然付いていくつもりだったのだが、元平民の妻だと連れていくのも醜聞だからとか……？

「その……呪い持ちの夫と一緒に行くといろいろ言われ……」

嫌な思いをするのだが、と言われて。

「ああ。そうですね。こんな格好良くて、優しい旦那さまがいるのですから羨《うらや》ましいと思われますよね」

こんな平凡顔の妻ですし。

「違う、そうじゃない」

普段余計なことを言わないで静かに控えている従者さんが思わずといった感じで漏らした言葉に旦那さまが黙っていろと視線を向けるのが見える。

普段こちらが話を振らないと一言も口にしない従者さんがこんな些細《ささい》なミスを犯すなんて珍しいなと思いつつお茶を口に運ぶ。

「旦那さまと式典に出られるのは嬉《うれ》しいです。でも、旦那さまのご負担では……」

呪いの件もあるのだからと心配になると旦那さまはこちらが見惚《みほ》れる笑みで、

「大丈夫だ」

と答えてくれた。


「あら？」

「あれが、アークライル伯爵……!?」

「確か、以前会った時は……」

王城の大広間に入ると案の定多くの貴婦人にひそひそと噂《うわさ》される。

やっぱりこんな平凡な小娘が旦那さまの隣にいるのは見劣りするんだなといたたまれない。旦那さまが用意した紫色の生地に銀色の蝶《ちょう》の刺繍《ししゅう》の付いている上品すぎて汚さないか心配になってしまうドレスに身を包んだ私はみごとに旦那さまのカラーリングで恥ずかしく思える。

こんなに多くの人に見られて緊張して身体が強張《こわば》ってしまうと、騎士団の正装だという軍服に身を包んだ旦那さまが触れていた手を強く握ってくれた。

「この日のために練習しただろう。大丈夫だ」

そっと微笑《ほほえ》まれる。

「だ……」

「きゃあぁぁぁぁぁぁ!!」

旦那さまに応《こた》えようとしたら旦那さまの微笑みを見てしまった女性が、尊さに悲鳴をあげて数人意識を失っていた。

「あんなに綺麗な方だったなんて……」

「呪いがすっかり……」

「お見合いのタイミングが悪かったわね……」

とひそかな声が聞こえてくる。

何を言っているんだろうか？

「旦那さまはもともと綺麗でしたのに」

「そう言うのは君だけだよ」

首を傾げて呟くと、どこか楽しげに旦那さまが答える。

「陛下たちに挨拶《あいさつ》するのはもう少し後だから先に友人たちのところに向かおう」

「友人……？」

そう言われて向かったのはバラの花が咲き乱れる中庭だった。篝火《かがりび》のおかげで周りはほのかに明るい。

「あっ……」

中庭にある東屋に五人の人影が隠れるようにいるのが外に置かれている篝火で辛うじて見える。

「オリビア。あいつらは俺《おれ》と共に呪術王を倒した」

「英雄方ですかッ⁉」

なんで英雄の皆様がこんな隠れるように……。

「ガルディン‼」

東屋から呼び掛けるのは一人の黒髪黒目の青年。見たことのない奇妙な衣装に身を包んでいて、彼の故郷の礼服であるツメエリだと教えてもらった。

「久しぶりだな。トモユキ」

トモユキと呼ばれた青年の声を皮切りに次々と声を掛けてくる。

英雄方は旦那さま含む六人。

ツメエリに身を包んだトモユキさま。

武器こそ持っていないが鎧《よろい》に身を包んだ、背の低い髪を短く刈り上げている少年のような人。

……趣味なんだろうか革で作られた口輪を嵌《は》めて何故《なぜ》かスケッチブックを持ち、軽装に身を包んでいる……暗殺者を思わせる人。

そして、旦那さまで男性四人。

狩人《かりゅうど》のような動きやすい格好に身を包んでいる猫のような目をしている女性と、冬ならともかく薄手で過ごしやすい季節なのに厚手の服で全身を包んでいるたぶん最後の女性の方。

の計六人。

「こちらが？」

トモユキさまがどこか嬉しそうに旦那さまに尋ねると、

「ああ。オリビア。俺の妻だ」

「は、はじめまして」

慌てて深々と頭を下げる。

英雄方とまさか会えると思っていなかった。旦那さまが英雄だと知っていたけど、紹介されるとドキドキしてしまう。

「素敵な方を見つけたんだね」

良かったと微笑むのは猫のような目をしている女性だ。

「……優しい声が聞こえる」

ほっと安堵したように呟かれる声。

「あたしにも見つかるのかな……」

「見つかるよ。ミオ。ガルディンが教えてくれたんだから」

トモユキさまが笑って告げる。

どうやら、その女性の方の名前はミオさまというらしい。

意味が分からなくて首を傾げつつ英雄方を見ると、ミオさまの傍《そば》にいた全身分厚い布に身を包んでいる女性がこちらをじっと凝視していた。

「あの……暑くないですか……？」

倒れないか心配になって布の隙間《すきま》から瞳を覗《のぞ》かせている女性に声を掛けると、

「ミオ？」

「悪気はないわ」

厚着の女性が何故かミオさまに尋ね、ミオさまはすぐにそんな返事をしていた。

いったい何のことだろうと首を傾げれば、

「暑いのは確かだ。だが、私は呪いの影響で服を脱げない」

心配してくれてありがとうと言われる。

「呪い……」

そういえば、呪いとはどんな。

「それにしても、そろそろ呼ばれる順番だろ」

トモユキさまが口を開く。

「ああ」

旦那さまが頷《うなず》く。

「呼ばれる……？」

「他《ほか》の奴《やつ》らと違って俺は貴族だからな。陛下たちに挨拶をするんだ」

「俺たちは呪いがあるから呼ばれないだろうけどね。面倒なことになったら呼べよ。いつでも手助けするからな」

「うん」

「ああ」

トモユキさまの言葉に他の英雄方も頷く。

どういうことだろうかと首を傾げると旦那さまが頷いて、

「その時は頼む」

と返事をしている。

「旦那さま……？」

何が、どういうことでしょうかと尋ねようとしたら。

「あら、ここに居たのね」

きらびやかな紫色のドレスを身にまとった女性が現れる。同じ紫色のドレスでも私とは全然違う。いかにも貴族の偉い方という感じの綺麗な顔立ちでしっかりとセットされた縦巻きロールにここは女性として張り合うべきなのかもしれないが、はなから勝負にならないのでただただ観賞するしかできなそうだ。

（確か、この方は……）

「わざわざ来られなくても呼ばれたらそちらに参りましたのに」

トモユキさまがそのご令嬢に挨拶をするが、それを無視して、

「お久しぶりですわ。ガルディンさま」

と旦那さまに向かって嬉しそうに微笑む。

「お久しぶりです。キャロライン第三王女殿下」

「そんな堅苦しい呼び方ではなくキャロルと呼んでくだされればいいのに」

擦り寄ろうとしてくる王女さまを旦那さまはさりげなく避け、

「そんな畏《おそ》れ多いことはできません」

と頭を下げる。

それに不満げな王女さまを気にせずに、

「ところでなんでこちらに？」

トモユキさまが尋ねると、

「英雄方は皆外で固まって中に入らないのでわざわざこちらに出向きました」

とお答えになる。

「それにしても……呪いが解けたのですね」

嬉しそうに告げるが、初耳だった。

「呪われた身でわたくしを妻にすることは無理でしたが、これなら安心して嫁げますね」

「えッ？」

どういう……。

『傲慢《ごうまん》』

口輪を着けている男性が持っていたスケッチブックに書いて皆に見せる。

「呪われた私たちを見た時怯えて近付くなと喚《わめ》いたくせに」

「今も嫌悪感満載だよ」

ミオさまと厚着の女性がこそこそ話しているがしっかり聞こえる。

「ガルディンの呪いが解けた途端擦り寄ってきて」

女性陣二人がひそひそ話をしているのを聞きながら、不安げに旦那さまを見ていると。

「あいにくですが、俺には」

そっと腕を引っ張られた。

「愛する妻が居ますし、妻が呪いを解いてくれたということは神が定めた運命の相手ということでしょう」

そして抱きしめられる。

「心から愛してくれる存在が受け入れてその心に俺も応えたら呪いが解けると言われましたから」

顔が熱い。絶対赤くなっているだろう。

「こんな相思相愛で、呪いまで解いてくれた女性が居るのに離婚して他の女性と結婚しろなどと」

トモユキさまが挑発するように告げたと思ったら一度言葉を切り、

「王族の名を笠に着てそんなこと言いませんよね」

にやっと笑った。

「もし、そんなことをしたら醜聞になりますよね。ねえ、王太子」

王女さまの後ろからきらびやかな衣装のどこか王女さまに似ている男性が現れる。

「みんなここにいたのか」

にこやかに声を掛けて、妹である王女さまに意味深長な視線を向ける。

「キャロル。彼らに迷惑かけていないよな。呪いが解けたから自分と結婚しろとか。ああ、父上にねだって無理やり婚約したのにそれを呪いがあるからと一方的に破棄して、また結婚などと言ったらますますお前と父上の立場が悪くなるな」

にこやかにそんな聞いてはいけないのではという内容を教えてくれる。

「もっ、もちろんよ!!　冗談に決まっていますわ」

顔を赤くして王女さまは逃げるように去っていった。

「妹がすまなかったね」

「いや」

頭を下げる王太子殿下に気にするなと告げる旦那さま。

「彼女が君の……」

「ああ。愛する妻だ」

どこか緊張して強張っているような声だった。

触れてくる手がわずかに震えている……？

どうしたのだろうか。さっきまでの堂々とした態度が嘘《うそ》みたいだ。

「オリビア」

旦那さまがいきなり跪《ひざまず》いて、

「本当はもっと落ち着いた場所で言うつもりだったが、心から忠誠を誓う主君と信頼している友人たちの前で言うのが俺の覚悟の証《あかし》だと思うから言わせてもらう」

手にそっと触れ、甲に口付けされる。

「愛している。貴方《あなた》を妻にして幸せだ。……君は脅されて嫁いできたのに虫のいい話だが」

気まずそうに視線を泳がせる旦那さまを見て、

「何を言っていますか？」

首を傾げて微笑む。

「旦那さまが私を大切にしてくれていることも、王太子殿下も英雄の皆様を大事に想《おも》っているのも知っていますよ」

だって、旦那さまは。

「部下も領民も王太子殿下も英雄様方も。そして、当然私も」

顔を赤らめつつ、言いきろうと頑張って。

「優しい眼差しで大切だと雄弁に語ってましたから」

だからこそ言えるのだ。

「愛しい旦那さま」

最初は戸惑った。でも、怖いとか呪いとか噂を聞いていていても分からなかった。

家族を呪術王によって亡くし、お義父様に養女にしてもらった。でも、毎日不安の連続で、いつ終わるのか分からなくて辛かった。

それを終わらせてくれたのは英雄の方々。

怖い？

いつ終わるか分からない不安が続く日々の方が怖い。

「そういえば……、呪いが解けたと言ってましたけど、呪いとは何だったんですか？」

と尋ねると、この場に居た全員が信じられないという顔になってやがて笑い出した。

呪術王を倒したことで呪いを受けた。

『恵まれた者たちよ。恵まれなかった者の苦しみを知るといい』

それが呪術王の最後の言葉だった。

自分たち一まとめに与えられた呪いは自分たちには効果がなかったので最初は分からなかった。

だが、

『化け物!!』

政略とはいえ、呪術王を倒した後に婚姻するはずだった第三王女は怯えたように悲鳴をあげて、女性は失神する者が多く出た。

俺の顔は英雄の仲間以外には化け物に見えるようになった。

ミオは人の心が際限なく聞こえるようになり、サラサは肌を露出すると死臭のような臭いを放ち、レイクは常に空腹を感じ続け、口輪がないと正気を保てなくなり、ヴァンは仲間以外一切触れることができなくなった。

そして、トモユキは愛する人に自分の姿が映らない、声が聞こえない呪いを与えられた。

英雄として帰還した自分たちに向けられる思惑と呪いによる恐怖にはじめミオが耐えられなくなり、扱いの変貌《へんぼう》に誰もが仲間以外を信じられなくなった。いや、唯一王太子のみ呪いを掛けられても気にせずに労《いたわ》ってくれた。

それがなかったらこの国を捨てていただろう。

当然婚約は解消。英雄の妻になれると思っていたのに化け物の妻は嫌だと陛下に泣きついたとミオが聞いてしまった。

転移者であるトモユキが自分の世界の物語を語ったが、肝心のトモユキの愛する人は未だ自分を映さない。

『おとぎ話だと【真実の愛】で呪いが解けるんだけどね』

誰もが諦《あきら》めた時にある日呪いが解けているのではと言われた。

自分に与えられた化け物に見える呪いが少しずつ消えていって、そこで天啓のように呪いを解く条件が伝わった。

トモユキ曰《いわ》く、彼の元の世界にあるパズルという遊戯のピースという部品らしきものがぱらぱらと雪の様に降ってきて、解呪の方法を示すと消えていったそうだ。

【真実の愛】は正しく、自分の場合、愛を受けてその愛を受け入れた時となっていた。

他の者にも虫食いのように呪いの解除条件が記されたリボンのような光が降ってきて希望が見えたそうだ。

呪術王はどうせ誰にも解けないと思って一人が解除できたら、ヒントが授かる形の呪いを与えたのだ。

「旦那さま？」

皆が笑う中、妻が不思議そうに尋ねてくる。

向けられる恐怖でもなく、一途《いちず》にこちらを想う眼差し。

王太子すら俺の外見に実は怖かったと告げていたのに。

「君の目はおかしいんだな」

呪いすら撥《は》ね退《の》けるのだから。

「えッ？」

無自覚だった妻の驚きを見て、幸せだなと笑いがこみ上げた。

IRIS NEO

『ノベルアンソロジー◆婚約破棄編 ハッピーエンドは婚約破棄のおかげです』

カバーイラスト：なま

婚約破棄のあとに待っていたのは、夢見た以上の幸せな未来——。
絶対「幸せ」保証つきの婚約破棄アンソロジー♡
収録作品は、第１回アイリス異世界ファンタジー大賞・編集部特別賞受賞作＆
人気作家が書き下ろした、婚約破棄にまつわる珠玉の８編！

『悲劇の元凶となる最強外道ラスボス女王は民の為に尽くします。』

著：天壱《てんいち》　イラスト：鈴ノ助

８歳で、乙女ゲームの極悪非道ラスボス女王プライドに転生していたと気づいた私。攻略対象者と戦うラスボスだから戦闘力は高いし、悪知恵働く優秀な頭脳に女王制の国の第一王女としての権力もあって最強。周囲を不幸にして、待ち受けるのは破滅の未来！……って、私死んだ方が良くない？　こうなったら、攻略対象の悲劇を防ぎ、権威やチート能力を駆使して皆を救います！　気づけば、周囲に物凄く愛されている悪役ラスボス女王の物語。

ノベルアンソロジー◆訳《わけ》あり婚編《こんへん》

訳《わけ》あり婚《こん》なのに
愛《あい》されモードに突入《とつにゅう》しました

2023年10月5日　初版発行

著者　アンソロジー

発行者　野内雅宏

発行所　株式会社一迅社
〒160-0022 東京都新宿区新宿3-1-13 京王新宿追分ビル5F
電話　03-5312-7432（編集）
電話　03-5312-6150（販売）
発売元：株式会社講談社（講談社・一迅社）

印刷所・製本　大日本印刷株式会社
ＤＴＰ　株式会社三協美術

装幀　世古口敦志・前川絵莉子（coil）

ISBN978-4-7580-9586-0

ファンレター・ご意見・ご感想は下記にお送りください。
おたよりの宛て先
〒160-0022 東京都新宿区新宿3-1-13 京王新宿追分ビル5F
株式会社一迅社　ノベル編集部　気付